美力台灣

Formosa

美力台灣 **3D 團隊**———著

AR 新視界

目　錄 ————

人文手藝 010　　**曲導的話：**「他們的每一個舉動，就是告訴我們什麼叫作手到、眼到與心到的道理。」

自然地景 064

曲導的話：「用心去把屬於自己的專業給做好，才能對得起在這個工作崗位上的自己，對得起大自然毫不吝嗇地展現他們最美麗的姿態。」

我們會如何用一句話來形容台灣？　趙文豪

在我們的記憶裡，台灣是什麼樣的面貌？有滿眼青翠的農村，有大廈林立的都市叢林，從高聳入雲的山脈，到湛藍壯闊的海洋，還有熱情、溫柔又包容的人們……即便時光洪流淘洗，這些都是屬於我們最美麗的記憶。

但台灣的環境每天都在改變，不論是自然美景或人文風貌的消逝，我們能夠如何向下一代的孩子，講述關於這塊土地的故事？或是當有人想要了解台灣，我們如何帶著他們，深入地重新認識台灣，感受這塊土地的美好。

關於土地的紀錄，是一種身體力行。著名的地理社會學家克朗(Mike Crang)在《文化地理學》上提到，「那些地誌書寫的地景，猶如不斷刮除重寫的羊皮紙，隨著時間不斷抹除、增添，以及變異。」透過敘述者的觀點，遊人彷彿連通地方感與記憶的方向指標，感受每一個地景的意義。然而，這就是創建地方記憶的重要結構，勾連著對於土地的歸屬與情懷。

這是首部以台灣作為主題，會動的 AR 魔法 APP書，所謂 AR(Augmented Reality)，就是「擴增實境」，將虛擬的影像帶到真實存在的空間裡，進而使兩者間產生互動與連結，讓過去所記錄的影像紛紛再次活了過來。用科技賦予傳統全新價值，引導觀賞者進入全新的「視」界——親近土地，了解匠人們的生命故事，領會在地文化的獨特魅力，引伸出對於這塊土地的愛與認同。本書共分為自然地景篇與人文手藝篇兩個部分，有大自然雕刻的鬼斧神工，例如太魯閣、蘇花；有匠人老手的雕刻，石猴、朽木、毫芒等，從信仰的爐火開始，我們看見從北港朝天宮延伸而出的聚落與文化；在生態的部分，我們紀錄從山上的紫斑蝶、到濕地的黑面琵鷺以及海底珊瑚的風情萬種。映照著九份的歷史興衰，礦業起落與觀光轉型，九份的柏油畫與阿里山上的小火車，都是從當地做為起點而延伸的匠人工藝，他們畫的都是一份對於家鄉或家人的思念。俗語說，「日出而作，日落而息」，我們共同欣賞阿里山的日出雲海，從山到茶園、到焙茶、再到蛇窯、食物模具、打鐵，都是關於生活的用品，我們在此看到生命的澎湃與躍動；到了夜晚，九份之夜的山城、花燈點亮夜晚、以及都市夜景的每一束光，都象徵著一個個故事不斷上演，在鏡頭下化為永恆。

這一切的影像紀錄，都是源自於曲全立導演對於這

塊土地的眷戀。曲導演在跑了世界各地，拍了這麼多的地方，才發現最愛的地方，始終就是台灣。在公視播映《來自台灣的明信片》之後，經常公司會接到旅居在海外的華人跨海來電，他們的聲音聽來有些哽咽說著：曲導將台灣拍得真的太美了！讓他們實在好想念……好想念……自己的家鄉，說著說著自己就哭了起來。從他們的聲音，我聽到了思念，體會到共同對於這塊土地最濃郁而溫熱的情感。

或許，就像是這塊土地隱隱然對於導演的呼喚，曲導演在 2005 年首創用 HD 拍攝台灣紀錄片，一步一腳印，記錄許多瀕臨消失的美麗景物。在 2008 年接觸到 3D 以後，一頭栽了進去，在沒有任何前例可循的狀況，運用網路一個字一個字地查著外文說明，也去請益鐵工廠的黑手師傅，加以運用多年擔任攝影師的經驗與專業知識，終於讓他摸索出極為成熟的 3D 攝影技術。說來簡單，但中間的挫敗與故事豈只如此？尤其是當時外界看他埋首作 3D，許多人都以為曲導瘋了，又是把案子推掉，又是把房子賣了；或許就是這樣的傻氣，讓他持續堅持下去，哪怕後面的路有多麼艱辛。歷經將近十年的嘔心瀝血研發與創作，讓他集結了《美力台灣 3D》電影，

像是紫斑蝶的漫天蝶舞，畫面裡的 20 秒精華，就整整拍了三年，並花非常多的力氣將器材扛到山巔。

曲導演經常有朋友告訴他，不要再傻了，該為自己想想。但是，在 2013 年，在好萊塢與李安同台拿到國際 3D 大獎以後，曲導演不是去接拍商業的影片，反而是將被關注的力量去回饋這塊土地，「既然別人不支持，就從自己先做起」，賣了可稱作是「起家厝」的工作室，拿著一張 3D 車的設計圖，詢問一家接著一家的車廠，在眾人不看好的狀態，打造出全台第一部 3D 行動電影車——美力台灣。

有太多太多人笑曲導演傻，怎麼把自己的夢想與積蓄都賣了呢？

「或許，美力台灣的誕生，是一個星星之火的希望；點燃孩子的夢想，讓他們去延續下去，點亮下一代的台灣。」曲導演說。我們真的有用心有看見台灣了嗎？這些都是屬於我們的回憶、我們的生活，不論是食衣住行、民俗節慶，這些屬於這座島嶼的寓言故事。不做不會改變，做了才會改變。相信我們能夠連結彼此的力量，為了愛護這塊美麗的土地與土地上的人們，持續寫下去，屬於我們的故事。

美力台灣 AR App

本書使用説明

Google Play

iTunes store

第一步：獲得 美力台灣 AR APP：
掃描頁面裡的 QR CODE，獲取下載的連接網址。
或者根據行動裝置系統，至 Google Play 或 iTunes store 搜尋 美力
台灣 AR App 下載。

第二步：打開 美力台灣 AR APP（請允許使用行動裝置的相機功能）
將手機對著有「AR」標示的圖片掃一下，就能看到圖片動起來，體驗
意想不到的 AR 魔法。

第三步：將會動的影像轉為全螢幕播映。
當 AR 魔法出現以後，對著動起來的影像，點擊兩下您的觸控螢幕，
影片將轉為全螢幕播映。

第四步：讓我們帶您去影像裡的地點。
當 AR 魔法出現後，點擊左下方 Google 地圖的標示，將可以為您找
到影像中的地理位置；您可進一步設定路程，或是將到訪的旅遊相片
分享在網路上。

現在，讓我們一同進入美力台灣的 AR 新視界！

人文手藝

在科技日新月異的時代，手工技藝難逃被機械取代，以及後繼無人的命運，若是不能轉化、找到新的生存方式，就只能默默地消失。在拍攝過程裡，這些百工匠人的熱情，經常讓我在鏡頭前拍到想哭。我在偶然的機會見識到他們卓絕的技藝，看到他們面對生存的困境，便決定用 3D 影像保留他們的身影。

記憶，是一種無法抹滅的情感。

用「手」去完成一件事的過程和精神，是各民族之間都能共同理解的，箇中情感可以直接傳達，不須再用文字去補述。他們的每一個舉動，就是告訴我們什麼叫作手到、眼到與心到的道理。

文化，需要經過歲月的積累，並在歷史的淬鍊、捶打之後，磨練出洗鍊的光輝；從舊一代傳承到新世代，憑著堅持與熱情，在時間長河中，一代傳一代。循著清脆的打鐵聲響，就像打造璞玉不斷地敲打，錘鍊後「點鐵成金」，成為一件件實用的鐵製用具。

曾有位七十多歲的師傅帶著一點台灣國語的腔調，問我說：「導演，你用 3D 拍了這麼多的東西？你覺得什麼是工夫嘿？偶覺得工夫，就是你看得懂偶在做什麼，但只有偶做得出來。」

老師傅的一席話，很簡單，卻值得讓我們一直放在心上。

打鐵／南投埔里

敲打廢鐵成黃金

彭進富

彭進富師傅是「金合源」打鐵鋪的第三代打鐵師，這間打鐵鋪擁有近八十年歷史，走過打鐵業最繁華的年代。位在南投縣埔里鎮的南興街，又稱為「打鐵街」，是因為日據時期的官方政策而聚集於此，在 1970 年代的「打鐵街」，曾有三十家以上的打鐵店鋪林立在此。看盡手工打鐵業的繁華到蕭條，現今這條寧靜清幽的街上，剩下的打鐵店鋪寥寥可數。

在過去，埔里是著名的林材集散地，由於居民大多以農業維生，鋤頭、割刀、菜刀等農具與生活用具，就在此起彼落的敲打聲中出爐，因為在製作過程中會產生大量的濃煙與聲響，政策規定讓所有的打鐵業全部集中在同一地區裡營業。

打鐵師傅口耳相傳一句話：「爐中造出千家物，掌上能生萬里財。」彭進富師傅從退伍後繼承家業，訂單絡繹不絕，打鐵街不只是打鐵街，許多戲院開在這裡，這條街成為熱鬧繁華的圈子，不過他說這些都是歷史了。因為機械可加速製程、取代人工，手工的打鐵店鋪一間接著一間關掉。

聽著清脆的敲打聲，以及看到璀璨四射的火光，師傅告訴我們，打鐵就像是教育剛出生的孩子，剛開始沒有人看得出他們的價值，但經過捶打、造型以後，好看又好用，就像放在那裡的鋤頭一樣，就有自己的價值。

師傅聚精會神操作著機械，揮汗如雨，一切依循著舊時技法製作。而他所謂的古法，就是用「人」的角度去思考，是自古以來的智慧傳承，這些咚咚敲打聲，每個用具所獨有的厚度、斜度，是機械製作難以模仿得來的。對師傅來說，這不只是工作，而是一輩子的志業。

彭進富：

「我民國 57 年退伍回來就開始打鐵了，打了四十多年。
如果這塊鐵不好看，當廢鐵賣也賣不到十塊，
但是打起來可以賣好幾千塊，
所以做得很開心的原因就是——廢鐵變黃金。
不好的鐵，打起來可以變金子，可以賣，變成錢。
就像小孩子要教一樣，這些鐵看起來以為沒價值，
但是把它打起來做成鋤頭，好看又有用，
就會有那個價值，看到這樣的成果真的就很歡喜了。」

盧文照：

「雕石猴令我感到快樂的原因，
在於我每天都在求新求變，
希望石猴能變化多端，
因此也勉勵自己繼續堅持創作石猴，
今天都能夠刻出比昨天更棒的作品，
我就會一直雕下去。」

石猴雕刻 ／ 嘉義民雄

尋求石頭的動人神韻

盧文照

與藝術生活的緣分，有非常多種相遇的可能；而有人因為收藏，與石猴雕刻結緣。

嘉義是石猴的故鄉，在嘉義也經常能見到獼猴的蹤跡。雕刻家盧文照所用的素材都是來自嘉義當地的石頭，尤其是嘉義八掌溪所特產的貝類化石、海膽化石等，經過錘鑿與雕刻，透過自己的創意與人生百態的經驗，化身成最動人的雕刻藝術品。

盧文照捕捉猴子俏皮靈動的神韻，將石猴雕刻得栩栩如生。他經常以嘉義的溪邊石頭作為石材，仔細處理雕刻對象的表情描摹，在虛實之間從作品的細部展現出手的溫度。他的靈感來自於生活、廟會、民俗節慶，或是觀看的電視新聞，許多作品關於節令與生肖動物的創作，以此照見他對於農業家庭的和樂融融的氣氛特別有感。

盧文照原本是骨董收藏家，並非學院出生，一直到收購了猴雕大師詹龍的作品，就像是某種緣分的召喚，開始對石猴雕刻產生非常濃厚的興趣。在而立之年結識石猴創作者詹龍、郭秋松等大師，至今二十多年逐漸成一家，他仍認為學無止盡，能夠百尺竿頭更進一寸，不斷在大小溪流尋求石材，期許能夠做出更讓人感動的作品。

寫實木雕／新北五股

細膩的雕刻可穿越語言

楊北辰

楊北辰是當代寫實木刻極具代表性的藝術創作者，擅長以細膩的雕刻手法，在原木上雕出與原物幾乎難以分辨的功夫——栩栩如生的表面肌理、皺褶、光影線條……

出生於 1970 年的楊北辰，在台北藝術大學的美術學系畢業後，便到西班牙留學旅居一段時間，後來更在西班牙瓦倫西亞大學當代雕塑藝術研究所拿到博士。他所雕刻出的作品，具有生命的溫度與氣味。作品包括紙箱、鞋子、大衣、皮包、甚至紙袋等，這些蘊藏著故事與記憶的物件，擺在展廳或在工作室裡，經常讓人誤以為是真的，一摸才會發現全都是由木頭所雕刻出來的。

對於世事的感受力，就是他藝術靈感的來源。楊北辰在國中時，就讀的是「放牛班」，最後是藝術拉回了他；在眷村成長的他，自嘲是個反應遲緩的孩子，別人在念書或是出去玩，自己只會盯著黑板塗塗畫畫的。他曾差點放棄自己，但國中的美術老師卻並未埋沒他的藝術天分，在升學主義掛帥的普世價值觀裡，鼓勵他考職校，後來順利考取復興美工。儘管當時不是那麼順遂能一畢業就考上大學，但在經過一年的沉潛以後，他打開了另一扇創作之門，進入了台北藝術大學的美術系。

楊北辰告訴我們，他期盼這些細膩的雕刻，不須任何語言就有感染力。東西如果舊了，可能就被丟掉，但一刀刀的雕刻，是在割捨、是在放下，卻也會留下吉光片羽的回憶。

楊北辰：

「這個過程本身是愉悅的，是快樂的，
因為自己的投入，常常作到忘我，
作著作著⋯⋯不知不覺時間就過去了
不知不覺，也會忘記所謂的壓力。
雖然過程蠻辛苦的，
但因為專注，其他的事情都會慢慢把它們放到一邊，
專一面對自己的創作。」

陳忠露：

「我現在作雞毛撢子純粹是興趣，
也是當作老年排遣寂寞、殺時間的方式，
一枝雞毛撢子做個老半天，
最後賣個幾十塊、最多一兩百塊，
一天說不定連一枝都沒賣出去，
這樣的收入怎麼能養家活口？
所以我可不希望年輕人來繼承這個工作，
對我而言，雞毛撢子的事業，
雖然很不捨，但可能就要終結在我們這一代了。」

雞毛撢子／彰化埔鹽

即將消逝的生活道具

陳忠露

在彰化縣埔鹽鄉豐擇村裡，過去有製作雞毛撢子的工廠，受到機器大量生產的影響，許多工廠紛紛歇業，只留下兩、三家的工廠持續生產。其中傳到第二代的陳忠露家是最具規模的，而陳忠露從 16 歲跟著父母做雞毛撢子，因為當時有許多人家養雞，年少的陳忠露總是挨家挨戶的收雞毛。到現在至少做了 50 多年。

製作雞毛撢子的源起有個傳說，是當時有人專門去撿民宅多餘的雞毛，洗乾淨以後製成雞毛撢子，剛好鹿港有很多賣家具和佛具的店需要這種方便打掃的工具，於是雞毛撢子大受歡迎。當然，製作方法後來與時俱進。

雞毛撢子的製作相當麻煩，在殺雞後取毛，還要將一根根毛仔細地整理乾淨，配合白膠與棉線一根根的纏繞與黏合，非常需要耐心與細心，是「絲絲毫毫」不得馬虎的。將雞毛一根根串好，一排排黏上去，接著在陽光下曬乾烘烤，避免發臭或蛀掉。最後，雞毛撢子做好以後在木頭柄底端鑽一個洞，師傅手腳並用的轉動著木桿，才算完成一隻雞毛撢子。

乍看這幾根羽毛看起來都差不多，色澤、形狀、長短相近，但師傅隨手抓起羽毛，就能迅速分辨它們的差異。他們光憑著雞毛就能看出來自哪一個部位，有公雞的毛、母雞的毛、尾巴的毛、背部的毛、或是脖子的毛等，他們可說是「雞毛達人」。

對陳忠露而言，製作雞毛撢子手工技術可能就終結在這一代了，因為手工雞毛撢子經常能使用好幾年，但費工費時的製作，卻完全不能反映在它的價格上。

製香／彰化鹿港

信仰「看天」做事

黃榮漢

在鹿港，有「三步一小廟，五步一大廟」的俗稱，因為信仰，人聚集在一起而有了聚落，更有了文化的產生，生活重心與信仰緊密連結。

黃榮漢師傅手工製香 64 年，他的阿公，和他曾曾祖父都這樣跟孫子說：「人需要火，大家都需要拜拜。」他們認為，拜拜與人的生活是息息相關的，只要有信仰就需要香，香就會被永續需要。

在老一輩的觀念裡，擁有技術就可以餬口飯吃，一輩子認真的做好一件事，於是手工製香的技術一代傳一代。但沒想到的是，面臨機器製香與外來品的挑戰之外，隨著時代與環境觀念改變，大家能夠用手、甚至上網去拜神，全新的方式逐漸取代舊有的生活習慣。

黃榮漢師傅依循著古法製香──線香材料來自於竹枝，以桂竹、檜木最佳。首先，要將竹枝浸濕後沾粉，而沒有沾到水的地方，便是我們捧著香所持拿的「香腳」，隨著線香不同的長度，香腳的比例也有所不同；接著，將沾水後的香展開像是扇形一般，讓每隻香都能夠充分沾上香粉，並透過手部的擺動、抖落多餘的香粉，在這個過程中，師傅經常全身也跟著沾滿香粉。

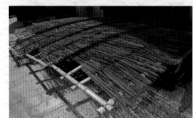

為了讓香的純度與分布均勻，不斷地沾水、黏粉、以及抖落香粉，如此重複數回合後，並將充滿瑕疵的線香適時挑出。接著擺放在陽光底下曝曬，曬乾後再染紅香腳，著實是個「看天」做事的行業；如果是雨天，就曬不到太陽，工作就會因此停擺，陽光太烈也要小心線香因此龜裂。工作的過程非常繁複，每一段製程的時間都相當密集，而工作場所裡經常是又悶又熱，香粉飛揚而黏滿全身。

黃師傅始終堅持手工製香，將祈禱的意念具體化，維持著機器製香所做不出的品質。看著師傅製作的環香一圈又一圈，彷彿是人世的循環，誠摯地點香祈願，期盼心意能夠上達天聽，受到祝福。

黃榮漢：
「人都需要用火，覺得大家都要拿香拜拜，
香的需求是不會被取代的，
所以製香是能夠傳承給我子孫的穩固家業。」

黃呈豐：

「這是我父親傳承給我的，
因為這種鼓的聲音只有我們比較會做。
別人做不出來，不希望讓這樣的聲音失傳，
所以我才繼續做。
我父親已經過世很久了，
還會有人想找我爸爸，這表示我們的鼓很實用。
第二點讓我感到很開心的是，
台灣最傳統的東西就是媽祖繞境，
如果我看到媽祖繞境看到有人打線西鼓，
也是我做的鼓，會真有成就感、非常開心，
雖然辛苦，但非常快樂。」

製鼓／彰化線西

調整鼓如同對待人

黃呈豐

鼓被打擊出雄渾的「咚咚」聲響經常帶給人們精神振奮；鼓聲也象徵信仰，在祈神廟會裡扮演不可或缺的角色。

來自彰化線西的黃呈豐，繼承三代的製鼓手藝，每個手工製鼓都需要至少一個月的製作流程，很難量產。相較於大量的機器製鼓，黃呈豐堅持用手工製鼓，更能準確的調音與繃鼓，敲打出來的聲音才會紮實又好聽。

小時候他其實是非常排斥製鼓的，因為製鼓的牛皮總是會發出陣陣惡臭，在家裡頭孳生非常多的蚊蠅。他就讀小學時，同學想去他家玩，或是問他家住哪裡，黃師傅總不敢跟其他人透露半句，覺得自己的家會因為霉味而嚇壞同學，因而產生自卑感，打從心裡排斥繼承家業。

然而，黃呈豐決定繼承家業的轉振點，來自於一通電話。在一個炎熱難擋的下午，黃呈豐做著鼓，全身被汗水弄得濕濕黏黏的，而電話的彼端用台語說著要找黃師傅買鼓。「黃師傅？是哪個黃師傅，我爸跟我、還有我阿公都姓黃啊。」他突然被問得丈二金剛摸不著頭腦。原來，對方在二十多年前向他父親買過大鼓，幾十年過去了都還記得，但對方不知道父親已經過世，還特別想搭飛機過來買鼓。這件事也點醒黃呈豐，雖然父親已經走了，這個鼓與技藝就是父親的精神，他決定要繼續把這項技藝傳承下去。

黃呈豐認為，製鼓的「鼓」就像是我們平常面對的「人」，不可能一下就要求對方十全十美，而是要透過循序漸進的調整。製鼓需要的牛皮與木材都是天然的，這些的配合都是「天意」，製鼓需要選擇水牛皮或黃牛皮，接下來除去臭味、從裁皮、燙水、去毛、曬乾等繁瑣的步驟。黃呈豐的木桶絕不能因為趕工而濫用，一定要放四個月以上等到完全乾燥。因為製程繁瑣，更需要身心全然的投入與延伸，繃皮、塑型、調音都會影響打鼓的聲音，每一個打洞的功夫都不得馬虎。每一項對於製鼓的要求，就像是對於自我行業堅持而生的傲氣。

獅頭製作／彰化鹿港

從玩具到藝術品

施竣雄

在講求快速、效率的時代，生活在彰化縣鹿港鎮的施竣雄，在獅頭的製作上堅持細活慢工。剛開始跟父親施炳學的是製作獅頭的基礎，後來隨著客戶不同的要求，施竣雄不斷嘗試各種製作的技法，並累積經驗讓他在製作的手藝更為進步。

舉例來說，在製作獅頭的部分，首要塑型，在獅頭的黏土模具上，用泡軟的紙條或布貼上數層，紙張則使用最合適的牛皮紙材質，反覆循環地糊紙上漿，靜候乾燥，接下來要等半個月的時間才能取下，再將黏土挖掉，留下外殼的布紙模，這些還僅是打樣。接下來還要修補、上漆、以及運用竹片圈牢，並且組裝眼睛等步驟，既費時又費工，需要耐心、更要細心。

施竣雄談到與獅頭的不解之緣，是一籮筐也說不完。施竣雄的父親以從事玩具批發為主，有時也會在鹿港的龍山寺前面擺攤販售自製的小獅頭玩具，施竣雄跟父親學著怎麼做獅頭，自己也不斷想著如何去創新，並且對著不同的需求再去改良精進。

然而，施竣雄對於每一個獅頭藝術品懷抱相當尊重的態度，過去他曾經為了向顧客證明，即便是用紙做的獅頭也是非常牢靠堅固的，他便用腳大力踩踏獅頭，並且想站上獅頭秀給對方看；結果獅頭沒破，反倒踩空讓自己的腳受傷。此後，他更是用莊重的態度對待製作好的每個獅頭。

施竣雄：

「我做這個獅頭大概三十年左右，
嚴格講起來應該是小時候就開始接觸到，
因為我爸爸就是在做獅頭傳統的獅頭製作，
客人總是會指定特殊的形狀，
如果不是要製作特殊的形狀的話，他們不會找你做。
因為就是形狀特殊，各方面條件不一樣
所以製作上比較困難
希望能夠持續做下去，
吸引更多朋友一起快樂做獅頭。」

吳登興：

「我大概國小的時候就開始做獅頭，

那我跟我父親兩代，獅頭做了大概六十幾年，也就是超過一甲子，

我們家族以前做獅頭不是為了買賣，就是純粹朋友之間或武館之間的贈與，

到後來才慢慢的開始有人有買獅頭的需求，演變成商業行為。

其實啊，在我們這一代，可能都還可以看到台灣人自己做的這些獅頭，

可能到了我們下一代或下下一代，我們台灣自己做的獅頭慢慢會減少。

我希望的不只是留下它們的面具，未來還可以留下它們更多的技術與精神，

獅頭的精神，應該就像獅子王一樣，不怕輸，就是繼續努力。」

獅頭製作／雲林北港

再造傳統賦予新生

吳登興

位於北港鎮光明路的巷子裡，吳登興繼承吳炎林的獅頭製作，並接下百年歷史的武館「德義堂」掌門人。

舞獅伴隨著熱鬧的鑼鼓聲與爆竹聲，往往是非常受到民眾歡迎的表演。一方面代表慶賀，另一方面也代表驅邪。獅頭是非常古老的中華文化藝術，過去從宮廷的消遣娛樂，後來傳入民間成為娛樂節目。一般而言，舞獅又可分為北獅與南獅，北獅多披著金黃色的毛，並有紅色的與綠色的結象徵他們的性別，紅結為雄獅、綠結為母獅，舞動時以嬉弄跳動為主，一般是雌雄成對出現表演。南獅造型威猛，以戲曲的面譜作為參照，許多醒獅團都以南獅為主，有時兩人配一隻獅子，注重馬步，造型上以桃園三結義的劉備、關羽、張飛所象徵的「智、仁、勇」為主，主要配色為黃、紅、黑。

獅頭製作發展至今，為了參與競賽或表演更吸引目光，顏色搭配也愈來愈鮮豔。吳登興與父親兩代製作獅頭已經超過一甲子，製作數量上千，吳登興還在傳統的暈染畫法上添加了西洋點畫法，讓獅頭的繪製增添了更多可能性，變化更多元。同時，他不僅是獅頭製作師，也收藏、修復古老的獅頭，讓傳統的文化與民俗精神能夠持續留下。

在拍攝時，吳師傅告訴我們，製作與修復獅頭不只是留下它們的面具，未來還可以留下它們更多的技術。退休的老獅頭，是會動的民俗技藝，不只能掛在牆上，還可以在我們面前表演。

八家將臉譜畫／雲林北港

為陣頭表演「開面」

黃志瑋

黃志瑋童年時期開始接觸八家將，因為好奇心而對八家將深深著迷。他現在同時是八家將臉譜繪師、寺廟繪師、並且跨域做文創商品設計，都與繪畫息息相關。

八家將的數字是「八」，指的是「四將」與「四季」：甘、柳、范、謝，以及春、夏、秋、冬，加起來總共為八。有些團還會加上文差、武差、刑具爺、以及文判官、武判官共十三人，作為更為完整的型態，演變至今，組成人數不一定為八，甚至多達二、三十多位都大有人在，因此，有些人將這項藝術又稱作「家將團」或「什家將」。

「刑具爺」又稱為什役，手持行具與法器，可說是整個行列的指揮者；而「文差」、「武差」，則分別負責接令與傳令；「文判官」掌生死簿，「武判官」押解鬼魂。而八家將的作用分別如下：甘將軍與柳將軍，又稱兩者分別為「日遊神」與「夜遊神」，負責外出巡捕，一般排在八家將的隊伍之首，所以又稱為「班頭」；范將軍與謝將軍，就是俗稱的七爺、八爺，負責捉妖降怪。而春、夏、秋、冬，則依照五行觀念，代表的是青龍、朱雀、白虎與玄武；不同於甘、柳、范、謝外出的巡捕，代表的是開堂審案，這八家因此又有「前四班，後四季」的稱呼。

整個陣頭表演的順序就從主神下令、文差與武差的接令與傳令開始。接著范謝捉拿、甘柳刑罰、四季神進行拷問、文判官錄下口供、武判官押解嫌犯。八家將行進時走八字步，不時擺動雙臂與法器，搖頭晃腦，威嚇而嚴肅。而這些擔任家將操演的人，來自各行各業，在操演開始以前，就需要畫上臉譜，也就是「開面」，開面以後就不能隨意與他人交談，並且忌葷食。

黃志瑋從 17 歲就畫八家將臉譜畫到現在，畫了將近三十年，這些臉譜令他非常著迷，因為在陣頭裡是半人半神，在看似兇惡嚴肅的臉譜，代表的都是象徵真善美精神的藝術文化。他不只希望能夠保留，也期盼能夠傳揚到國外讓更多人認識這項文化。

黃志瑋：

「八家將在台灣是很特殊的一種藝術陣頭，
它的服裝、道具、甚至它的舞步，都能夠編入一些地方小戲。
除此之外，不僅是增加它的神秘感，它是一種很美的藝術。
傳承是非常重要的，如果由我們的老班來帶更多新班的話，
就像帶這些小朋友，就能讓文化向下扎根，
讓他們從小就去認識、學習，
使這個文化持續地延續下去。
甚至對於他們來說，對八家將陣頭更為認識之外，
我們還能把它當作一種美的藝術，
以台灣本土文化去扎根，持續努力學習。」

黃世志：

「我從小就很喜歡看布袋戲，
早期看布袋戲都是在廟口、又或是在戲院裡面看，
後來我甚至有時候連上課也是都想著布袋戲。
有一次，我遇到的小朋友把布袋戲講成這是洋娃娃，
更加讓我覺得，這是我們台灣本土的特色，
應該帶更多孩子去認識，並且感受它的好。
於是我就想說，盡自己一份心力，
從起初的興趣，到後來變成是投入，
接著就變成是一種傳承的使命。」

布袋戲偶／雲林北港

結合娛樂與生活

黃世志

布袋戲最讓人津津樂道的就是八〇年代雲州大儒俠史艷文的時期，不僅全國轟動，只要一開播，大家紛紛放下手頭的工作，擠在電視前面，創下 9 成以上的驚人收視率。

黃世志出生在布袋戲的故鄉雲林，在 2007 年成立了「黃世志電視木偶劇團」，從事布袋戲的表演工作已經將近三十年。他從小就是布袋戲迷，如果布袋戲劇團來地方演出，黃師傅就會搬著凳子與人們擠在廟口、戲園旁看布袋戲，看得津津有味，而平時也看電視裡的布袋戲演出，布袋戲幾乎就是象徵黃師傅的生活。國中的他，如願加入黃俊雄的布袋戲訓練營，爾後也進入霹靂布袋戲，豐富的舞台聲光效果、刀光劍影打開他對於布袋戲的想像，盡情投入在偶戲人生的世界裡揮灑他的天賦，因為美工的專長，對於戲偶的雕刻與設計，讓他有更深入的學習。雕刻的功夫需要鉅細靡遺，讓戲偶的五官自然而多變，而更困難的，就是如何設計這些戲偶的服裝與臉譜。

因為這樣，黃世志找到了北港在地做八家將臉譜彩繪的藝師──黃志瑋，跟他請教人偶造型與臉譜的繪製方式，黃世志便作了一系列關於八家將的木偶。在布袋戲偶表演的部分，由於戲偶表情往往是比較固定的，因此操偶師必須用他的巧手，以細微的動作表現他們的個性和情緒；很快地，黃世志學會操偶、口白，編寫腳本，包括整個舞台的特效、設定都能一手包辦。黃世志曾看過布袋戲的盛況，隨著社會變遷，他發現許多人對布袋戲偶的認識不若以往。為了傳承給下一代，他也走進校園與社區進行巡迴表演與指導。

黃世志的布袋戲戲劇，娛樂與生活是相互結合的，觀眾從幼兒園到 99 歲的老孩子都有，幽默而機靈的對白，常常使觀眾捧腹大笑，又能引起省思，有歷史故事的演繹，也有蘊含孝順與倫理的道理，同時也講究環保綠能的意識。他強調的，就是寓教於樂，讓布袋戲持續傳承下去。

懸絲偶／嘉義六腳

操作戲偶揣摩人生

黃憲章

傳統懸絲偶戲的表演，大多都是在迎神賽會上才會出現，通常以鬼神為主，有非常多的禁忌，始終帶有神秘的色彩。

黃憲章是目前台灣傀儡戲偶的製作大師。原本他從事布景道具設計，剛開始是應國小音樂老師教學影片的需求做了第一隻木偶。於是他運用網站無師自通做出了第一隻懸絲木偶。以紙黏土與長形木板黏合，所以基本構造根本不穩固，禁不起碰撞。這樣的挑戰激起他的興趣，他就一頭栽了進去，從國外的資料找起，看圖片摸索，並憑藉自己做工藝道具的專長，做出一個個的傀儡戲偶。土法煉鋼，自學自製，幾年下來也製作了上百個戲偶。

不僅是木偶本身有學問，提吊木偶的線也是相當重要，例如提繩的材質、長短都會影響。他舉出其中的差別，西方的懸絲戲偶是用棍子組合操作提線，但黃憲章做的是固定在同一塊木板上，靠手指細膩的操作拉放。除了技術的改良之外，他在傀儡絲偶的造型也做了改變。

「其實戲偶就像是人的縮小版一樣。」單純學一個走路的動作，好不容易學了好幾天，終於學會了走路，接下來就是學會那一個戲偶的神情，他要看哪裡、什麼時候去轉頭，而黃師傅就會將角色的精神投射在自己身上，假設他是那一位裡面的人，做哪些動作、或是在想些什麼，而每個角色控制肢體、關節的線，也都因為不同的作用而產生變化。

他的偶戲哲學，也十分令人玩味：「操作戲偶的時候，一個不小心把線給打結了。有些人兩三下就解開，有些人卻是愈解愈糾纏，愈解愈複雜。然後有趣的是這個結給孩子來解，他們很容易就能把線解開，反而有些大人，卻是沒有辦法很乾脆地解開。

黃憲章：

「操作懸絲偶是不容易的，單純一個走路動作，
可能剛開始學了老半天、好幾個鐘頭，
結果還只學會了基本的走路，
等到動作都慢慢會了以後，
接下來就是，怎麼樣去揣摩那一個角色的神情儀態，
以及它什麼時候轉頭、它要看哪裡，
這些都得要用我們的精神與用心投入。」

陳威志：

「茶其實就像每一個人心靈的寫照，
你可以擺得非常浮華，
也可以擺得很樸實。
最好的品茶環境，是非常的安靜，
當下沒有其他任何的雜念。
因此，有人問我在哪裡泡茶，
會比較放鬆或是比較舒服？
我覺得在泡茶的當下不管在哪裡，
只要我坐下來，跟茶面對面的時候，
我就好像是在跟它對談一樣。」

焙茶／台北內湖

隱含的哲理與禪道

陳威志

焙茶師陳威志用心焙茶，他用身體力行告訴我們焙茶的學問，焙茶者的手法、思想，都會影響著茶想要表現出的感覺。

陸羽所著的《茶經》就像是一本關於茶的百科全書，蒐集茶經驗的總結。茶就是一項專業知識，例如煮茶的好水，就是茶母，會影響一杯茶是否為好，煮水的火也不容得馬虎。

茶，歷經各個朝代，不論是到宮廷貴族或平民雅趣，茶道也成為文人藉以陶冶情操，並賦予哲理的方式。泡茶大概有幾個步驟：溫壺、賞茶、溫杯、溫潤，沖泡、奉茶、品茶。而茶主要講究五境，分別是茶葉、茶湯、茶具、火侯、與環境。從唐代確立了茗茶修道的思想，茶代表了平靜、代表保持大和之氣的協調，同時也是禮遇客人的方式。而焙茶大概是自明代開始，用火烘製茶葉，提高香味、去除苦味，不論是製茶或品茶都有了不同的境界。

焙茶師以自我的修養，在過程中將茶葉烘烤成深褐色，讓茶湯改變水色，從葉尖裡慢慢滲出溫甜的滋味，從苦澀置換著甘醇的滋味，就像是一種人生的體悟、一種生活的態度，泡茶，同時也是體會人生，隱含的哲理與禪道，都在一杯茶裡。

木雕創作／新北瑞芳

將木頭化身為日常藝術

許錦文

透過原木雕刻的燈罩，燈光從木頭的縫隙中投射出去，牆壁宛如漫天星辰，璀璨而美麗，並且還有一股屬於自然的原木香氣。

朽木雕刻師許錦文，過去曾是貨櫃車的運貨司機，每天總是在外東奔西跑，在工作退休後，便一頭栽入木雕創作的世界裡。因為緣分的牽引，許錦文與曲導演比鄰而居成為朋友。

許錦文雖然沒有學過木雕或木刻，憑藉著一股熱情，勤學、勤作、勤問，以及勤走，讓他無師自通，將別人眼中的朽木，透過創意與巧手，化腐朽為神奇。

走進許師傅的工作室裡，就能聞到原木的香氣；因為他過去在外奔波，也經常看到海邊散落的漂流木，而愛上木頭自然的韻味，讓他陶醉在這大自然的世界裡。那些被珊瑚蟲咬得千瘡百孔的漂流木，卻是許錦文最喜愛的藝術品，即便整個木頭已經被啃食體無完膚，在他眼裡卻是最天然的創作，別人眼裡的朽木，到他手中則化為最為典雅的家具。當許錦文看到木頭的時候，腦海裡會自然浮現他的創作構圖，以及外型、材質能夠如何搭配刨木，運用木頭的屬性來改造，將木頭化身成為日常用品與藝術作品。

許錦文：

「有趣的造型與蟲蛀的痕跡，總令人陶醉不已。
我起先是玩啞石，隨著觀察木頭，
發現似乎有另一種層次更美。
或許是有些腐朽的木頭，或在水裡被珊瑚蟲咬過的，
這些天然的情境更足可貴。
以前沒機會拜師，靠著勤走勤學勤問，
比如一家問三分之一，問了三家就知道是怎麼樣的木頭。
如果買回家沒用就沒有生命力；
我的創作理念就是，不只能看，還要能用。」

陳逢顯：

「我喜歡有挑戰的、那些需要突破的東西。
這些可以說是所謂興趣的使然，
因此一直嘗試新的題材、新的技術
我堅持在這條路走下去，一走也走三十多年了。」

毫芒雕刻／新北新店

大小皆蘊藏智慧

陳逢顯

微型雕刻最早出現在中國殷商時期，可依照手法分為微雕、微刻、微書、微畫、微塑五藝。這項技藝的由來，是當時為了節省空間，字畫都不會弄得太大，如此才可以重複使用；後來逐漸走向藝術發展，現今即將面臨失傳，年過花甲的陳逢顯，運用他所累積的才華與努力，期盼持續傳承下去。

陳逢顯第一次接觸到微雕的經驗，發生在小學參觀故宮時看到《雕橄欖核舟》，讓他大為驚豔：在半截指頭大小的橄欖核上，竟能刻出八位風貌裝扮各異的人物，甚至還有〈後赤壁賦〉300 多字，這樣的雕刻作品讓他悠然神往。

因為自小喜歡畫畫，陳逢顯往藝術方面就讀。因緣際會下，他後來在中央印製廠負責印製鈔票的業務，讓他接觸到雕刻鋼板的特殊工具，引燃陳逢顯對於毫芒雕刻的喜愛。毫芒雕刻，沒有前行者能夠仿效，甚至許多工具都是需要自己製作，例如鋼針，就要磨得比縫衣的針線更加細緻，並需要極高的觀察力與專注力，除了手工之外，更需要的就是耐心，只要一個顫抖或一失神，很容易就會前功盡棄。

陳逢顯勇於挑戰各種主題與材料，米粒、牙籤、麵條、螞蟻都能創作。為了在蛋殼上創作，陳逢顯使用了十幾斤的蛋；為了在火柴上創作，弄碎了兩百多根火柴棒；儘管工作傷眼又傷神，他在這些創作裡找到自己。他的《唐詩三百首》一萬字刻在不到 0.3 公分的鋼板上，耗時兩年，他總樂在不斷挑戰自我，即便毫芒雕刻可能在藝術類是非常冷門的技術，但陳師傅在拍攝之餘曾告訴我們，在大的事，也像這些雕刻的作品，可大可小，都含蘊生命的智慧在裡頭。

皮革藝術／新北板橋

創作會呼吸的藝術

葉發原

從一張用剩的皮革，開始了葉發原師傅與皮塑的緣分。

葉發原師傅的皮塑作品被微軟創辦人比爾蓋茲、已經逝世的辜振甫先生收藏。比爾蓋茲甚至說，這樣精湛的手工藝，是電腦的高科技也沒辦法做出來的。這些成就，是葉師傅對藝術無怨無悔的投入而達到的。

雖然葉發原自小家境窮困，卻未曾因此澆熄熱愛美勞與工藝的心，雖然沒辦法另外買更多的畫紙、顏料，反而使他在每堂美術課加倍的用心。後來為了能夠好找工作，他並未就讀藝術科系，而是就讀關於理工的電機系，看似與藝術領域八竿子打不著，但隱隱牽引的緣分就是這麼奇妙。在葉發原退伍以後，因為到姊夫的裝潢公司幫忙，偶然看到一張用剩的皮革，形狀讓他聯想到一把吉他，後來去觀賞別人的皮雕展，也很幸運遇到啟蒙老師教學，讓他一頭栽進了皮革藝術的世界。

在皮革的藝術又可分為皮雕與皮塑，要了解皮革的原料特性：延展性、可塑性，創作要花非常多的時間與耐性。最重要的，對葉發原來說，皮革就像是會呼吸的作品。

螃蟹系列是葉發原最早打響知名度的作品，創作時還特別買了螃蟹來臨摹，用皮革模擬那些甲殼類的動物，具備配管線與製圖的邏輯思考，讓他在製作皮塑時能夠考量如何讓那些作品活化。

葉發原：

「我做皮革創作將近二十八年，
從早期的平面、實用到藝術創作等，
製作的類型從大自然生態到生活情境都有。
比如作關於人的作品，就想到團結與人情味，
關於自然、農村，投射民俗的意涵，
或是辛苦耕耘、歡喜收穫的生活情境。
皮革創作最困難的就是「模型塑造」，
在手藝之外，耐心是最重要的，
就像一個人如果願意從工作找到興趣、放入恆心，
就能持之以恆做下去。」

邱錫勳：

「我想每一個藝術創作的人，
他的終極目標就是擁有自己獨特的風格。」

柏油畫／基隆九份

將錯就錯的黑色繪

邱錫勳

談到柏油，不禁會在耳邊響起童謠的旋律：「點仔膠，黏到腳，叫阿爸，買豬腳……。」位在山城九份的邱錫勳，將柏油作為作畫的材料，是全世界獨一無二的柏油畫畫家。

邱錫勳剛開始出道時是畫漫畫的，還有個筆名叫作「山巴」，幽默與詼諧的筆觸非常受到讀者的喜好。但在思想與言論都受到箝制的時代，經常受到檢查人員的刁難，後來索性不畫漫畫，而投入油畫與水墨畫。對他來說，創作者最大的心願，就是畫出的最有創意又感動人的作品。

邱錫勳是苗栗人，二十多年前來到九份，就被山城裡的環境與氛圍深深吸引，就像是在層層群山裡幽居著，遠眺大海，並有海風輕拂，於是他選擇在九份買下一間房子做為自己的工作室。九份的屋子因為要順應多雨的氣候，經常要在屋頂上鋪柏油，這對非在地人的他是非常新奇的，邱師傅看到工人不小心把柏油滴落到地上，而柏油流動的線條是許多顏料所無法做到的。這彷彿觸動了他的靈感，讓他開始天馬行空地想到，是否這樣黑漆漆的材料也能成為顏料，興沖沖向工人要了一碗柏油作為顏料。

不過剛開始的實驗，他用的是鋪馬路用的柏油，卻發現難以被畫布吸收，於是詢問了化工專業的朋友，並且不斷地改良與創新，包括用什麼樣的工具作畫，以及如何調出不同的深淺。而柏油是非常高密度的，邱錫勳經常是用懸腕滴畫的方式，來呈現出不同的視覺感受。後來以柏油作為「顏料」，作畫的挑戰是非常大的，必須又快又準；因為柏油一碰到空氣就會凝固，他開玩笑地說，柏油畫的秘訣就是「將錯就錯」，因為錯了沒辦法再改，在隨即就要乾去的瞬間不容半點遲疑，構圖更是困難，必須注重畫家的本能與經驗輔助。

滾燙的柏油在畫布上勾勒出隨心所欲的線條，這樣的創舉受到西方藝術界的熱烈好評，邱錫勳用柏油畫樹立起自己的風格，他畫出九份的流金歲月與老礦工的艱辛，還有人間百態、達摩與鍾馗等系列。在他的工作室裡，四處掛著在歲月裡走過世界的痕跡。他曾在教宗方濟各與美國前總統柯林頓面前親手作畫過，也經常受邀四處的開展與作畫，在柏油黑色繪裡，用自由與拘束來作畫。

火車素描／嘉義阿里山

返璞歸真的旅程

朱正義

朱正義所描繪的阿里山火車畫作凝住了時空，帶領觀賞者隨著小火車在軌道上，一路穿越鐵路沿線的鄉野風光，重拾赤子之心，循畫回望一趟返璞歸真的旅程。

朱正義的父親在世時，曾擔任阿里山小火車的駕駛，經常帶著那時還是孩子的朱正義，坐著火車，從嘉義開往奮起湖，聞著潮濕的水氣，又驚又喜的探望著深不見底的山谷。回憶是充滿聲音的，這些景象隱藏在他的腦海裡，就像是在山谷裡等待再度被召喚的回音，在一幅幅畫作裡的物件都等待被再度指認，翻新成為另一個人的嶄新回憶。對於朱正義而言，他用畫筆勾勒對於父親的感念與尊敬，以及父親對於火車一輩子的付出與熱情。

父親在朱正義童年塗塗畫畫時，一直鼓勵著他持續畫下去。不過，他後來沒有選擇在這條路繼續畫下去，反而是在軍官退役後，原本想回到阿里山種茶，當他拿著舊照片，走訪火車站時，朱正義不禁拿起畫筆。重新畫阿里山火車站的同時，好像自己回到駕駛座的父親旁邊……他畫的正是「子欲養而親不待」的思念。

火車再度轟隆轟隆地跑下去，穿進時光隧道，透過畫作，穿過那條時間的線，就像是對於未來的預感，對於過去的回憶，透過思念的畫作，持續喚起許多人對於阿里山小火車的記憶。作畫時，彷彿思念的父親始終在身旁，繪製出一輛又一輛的火車，在黑與白之間，道盡了對父親無限的愛與思念。

朱正義：
「雖然說我沒有受過正統的美術與繪畫教育，
但是我覺得肯花很多時間去學習、肯去用心，
這樣我就很滿足。」

林瑤農：

「學到做師傅的時候，才慢慢發覺玻璃很好玩，
因為做玻璃真的是很辛苦。
當你喜歡上它的時候，
你會設計玻璃造型的時候，
那像有魔力一樣，吸引著你不斷地學習。」

玻璃工藝／新竹

膽大心細的魔力

林瑤農

玻璃工藝創作，講求的是瞬間。玻璃的原料來自於矽砂，透過天然氣所產生的熱，在高溫中融化的溶液，匠人們運用拉、推、擠、壓、扭等手法，在有限時間內，迅速讓流動的溶液成型。

玻璃藝術家林瑤農，將玻璃的製作提升到藝術的創作，運用玻璃透光與折射的材質，並將宛如水晶的特性製作出一個又一個創意的作品。在製作玻璃的部分，主要可分為兩個層面，一個是物理上如何掌握好玻璃的材質以發揮特性，一個是用對待藝術作品的心去塑造。

林瑤農的招牌「坩堝技法」，強調團隊製作，用手工的方式，拉成一個生產線，並從實心的塑造、徒手熱塑、吹玻璃製作等講究分工的層次。在製作玻璃，必須先將製作玻璃的原料放入鍋爐，經過高溫燃燒後軟化，接著快速用手工的方式進行拉展、彎曲等型塑技法，這些都是長久累積的經驗，一步錯了，可能整個玻璃就此報銷。林瑤農的工廠位在新竹的鐵皮屋裡，因為裡頭鍋爐的溫度很高，工廠裡是異常的悶熱，也愈來愈少人願意投入此行業。

在林瑤農年幼時，看著母親帶回來的瓶瓶罐罐，於是被這些玻璃所散發的光輝所吸引。他十三歲到玻璃工廠打工，也學習窯爐製造，最剛開始只是量產小產品，後來結合了手工創作實心的雕塑，從代工工廠轉型成藝術工作坊，用手工的人力去雕塑出美觀的生活藝術品。林瑤農認為，做工藝最重要的就是膽大心細；即便面對作品互相的仿作，但藝術的價值無限，重點是在製作玻璃時所衍生的喜悅，是無可取代的。

食品模具／台中太平

食用智慧的流傳

鄭永斌

1961 年出生在台中的鄭永斌是台灣唯一以製作粿印為業的專業匠人。他的工廠位在台中市太平區小巷弄裡，製作糕模、餅模、粿印、糖模等中式糕餅的模具，我們最熟悉能經常看到的就是紅龜粿模，不過現在隨著飲食習慣與文化的改變，有一些已經成為收藏用途。

鄭永斌在國中畢業後就投入製作木雕，後來轉戰到食品模具的雕刻，一切就像是緣分的指引。在國中畢業以後，鄭師傅從擔任雕刻的學徒開始，自最基本的磨刀開始，哪怕是瀰漫著木屑的工廠，他卻以此為樂。在離開第一份工作之後，他開始從事廟宇的雕刻，雖然就像是到處打零工四處漂泊，也讓他學習到中華文化智慧的流傳與寓意，讓他對於花紋的雕刻與吉祥話都更加的瞭解。

鄭永斌在 26 歲創業成立沅豐食品模具，到現在依然有許多老牌的糕餅店都指名找他製作，這些模具主要的材料以木材為主，至今他收集近千個食物模具。

鄭永斌的製作，除了設計外型與雕刻之外，具備非常深厚的傳統文化知識，例如花紋與那些吉祥話的意義，例如龍飛鳳舞、起家（雞）、年年有餘（魚）等吉祥話，這些生活文化寓意，都是智慧的流傳。然而，現今許多機械印模隨之出現，鄭師傅仍堅持盡善盡美的工作品質，每一道食品的刻紋，都希望傳遞著濃郁的人情味。

鄭永斌：

「俗話說：『萬事起頭難，』
作學徒最辛苦的時候就是從最基礎的磨刀開始，那過程非常煎熬。
但我已經做了三十多年，作了上幾萬把的食物模具了。
有時候，刻一個模子，就需要十幾部機器，
從手刨到自動刨、刨花等，接下來是手把的製作，
刻完就是打模了。
每一段的流程都是經年累月的時間淬鍊與經驗而來。
最感動的是，經常有客人買了以後還會回頭再買，
或甚至特別回來與我們分享使用的喜悅。
這些點滴都是非常令人開心的，
也符合自己的理念：每一塊餅都有他們的含意，其義必吉祥。」

王正常：

「我會學作麥芽膏，是我退休以後六十歲才開始學的，
我兒子現在也蠻用心跟我在做，
所以我就叫他一定要傳承下去，而且它一定要燒木材的，
並不是因為以機器化產量多一點不必要，
我們要把這味道留給喜歡的人。
我們在偏遠的山上又不是在街上，
他們會打電話來問要怎麼走，每次一早上來帶著喜悅的表情，
看他們高興我就跟著高興，值得我們去做，
手工麥芽糖這工藝真的一定要好好保留下去。」

麥芽膏／新北石碇

提煉出原汁原味

王正常

麥芽膏象徵著童年的甘甜，光是看著黏而不稠的金黃色糖膏就會讓人口水直流。

人稱正常伯的王正常，直至六十花甲之年才開始做麥芽糖。號稱製作麥芽膏是柴燒手工、不加防腐劑的，許多網路部落格與新聞紛紛報導，讓他們的知名度逐漸打開，從兩三座窯增加到五座窯。起初，王正常是向隔壁村莊的阿嬤學的，因為小時候非常喜歡吃麥芽膏，但能吃到的機會非常難得，一、兩年只能吃到一次。但阿嬤年事已高，許多製作過程已記不清，他只好自己不斷摸索怎麼去作麥芽膏。

手工麥芽膏的製作，因為成本高與工法非常麻煩，因此許多麥芽膏是加上澱粉去調和的。但王正常帶著他的孩子，用糯米、小麥草，以及冷冽的山泉水來做，產量有限，並維持原料的品質，例如小麥是自己種的金黃色優質小麥，這樣的麥芽膏就不容易產生苦澀的味道。

手工麥芽膏的製作過程費時又費工：在天還沒亮就要開始蒸糯米，糯米飯蒸熟了再放入小麥草，經過醣化發酵後熬煮原汁，還需要不斷賣力地攪拌。但王正常始終堅持燒柴，因為他相信這才能提煉出麥芽膏的原汁原味，讓糖分在柴火裡跳躍、活動，跟瓦斯火燒出來的味道就是不一樣，因此他們經常在高達四、五十度的高溫裡工作，用五口大灶耐心的烹煮。過程非常繁複又耗時，但經常接到許多人打電話來，就為了想吃到他們的麥芽糖而上山，那樣的期待與喜悅，正常伯不斷告訴孩子，一定要堅持下去。

看起來簡單的麥芽膏，吃進麥芽糖的甜蜜笑容，就是他們不斷堅持的動力。

樟腦油／苗栗銅鑼

再現記憶裡的嗅覺

吳治增

味覺與嗅覺是充滿記憶的，樟腦的氣味彷彿能夠帶我們回到過往阿公、阿嬤的時代。600 公斤的樟木片，只能蒸餾提取出 15 公斤，如此珍貴的樟腦油，位於苗栗縣銅鑼鄉的樟腦工廠，是吳治增承襲三代的製作地點，他的阿公吳阿相開始製作樟腦煉製。

在 921 大地震時，吳治增的工廠被震垮，兒女也因此不幸喪生。原來已經升起無數次想要放棄的念頭，但看到每個員工即便自己的家垮了，他們依舊來工廠整理，以及許多經銷商的鼓勵，讓他振奮起精神，想要把這樣的精神傳承下去。

稻米、蔗糖、茶葉與樟腦，是台灣過去農業輸出的重心，雖然樟腦的產量不及糖，但其煉製是相當精華的，由於樟腦的單價超過糖，帶動了相關產業的競爭。現今面臨廉價化學樟腦的競爭，加上製作過程繁複辛苦，樟樹成本增加，讓這個行業經營困難，也面臨人才斷層的問題。

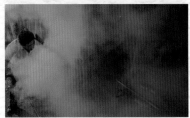

儘管如此，吳治增持續擴大樟腦的使用用途，一般除了拿來驅蟲、除臭之外，更研發沐浴乳、洗髮乳等相關產品，讓傳統事業找到新生命，讓永續經營的精神持續傳承下去。

吳治增：

「600 公斤的木片最後只能蒸餾出最精華的 15 公斤。
但這些如此珍貴的樟腦油，面臨許多化學樟腦的競爭，
加上製作過程非常辛苦而且繁複，
隨樟樹成本不斷增加，
這個行業的經營是愈來愈困難，
也面臨人才斷層的問題。
但為了維持傳統製法的美好，還是會持續努力作下去。」

陳美麗：

「我已經做十幾年了，這是以前父親在做的。
因為懷念爸爸的關係，所以我現在繼續做，我們是第三代。
為了傳承我都會去教學生，
從幼稚園、國小、到社會、社區活動都去教，
希望家傳的這項技藝不要斷在我手裡。」

捏麵人／嘉義

靈巧雙手的美好記憶

陳美麗

捏麵人，又叫「糯米尪仔」。顧名思義，重點在「捏」，就是要靠靈巧的雙手以及豐富的創造力完成作品。我們經常在許多廟會裡看見捏麵人的攤位，師傅做出各種樣貌的捏麵人，受到孩子們的歡迎。

最初陳美麗是為了懷念爸爸而做捏麵人，為了延續家傳捏麵人的手藝，陳美麗除了自己製作的絕妙技藝之外，還不斷去教下一代，也到學校與社區教學生，期盼將這項傳統技藝傳承下去。

早期捏麵人是可以吃又可以玩的零嘴，以糯米作為外皮，還可以包入地瓜做為內餡。後來變成觀賞用，現在為了好看，材料比較堅固而鮮豔，大多都改用環保黏土。以前陳美麗看著自己的父親在做捏麵人，一半買米、一半買製作捏麵人的材料，久而久之自己也與麵糰為伍，陳美麗婚前都會在北港朝天宮販售捏麵人。現在，她持續傳承這項技藝，只要有人喜歡她就持續做下去，一睹從前的童玩，那份美好的童年記憶。

立體刺繡／彰化鹿港

一針一線勾勒驚奇

許陳春

每個人的五根手指長短不同，但都能創造出無限的可能。

1938 年出生在鹿港的許陳春是發明立體繡的國寶級工藝家，用指尖寫下她的人生傳奇，她對於刺繡情有獨鍾，從 12 歲開始「針線人生」，是父親的得力小助手。許陳春的父親是錫雕的專家，在父親的指導下，許陳春與弟弟陳萬能學習非常多的傳統技藝，就連結婚時穿的衣服都是自己繡的。在結婚嫁到夫家以後，為了專心顧孩子長大，逐漸放下過去多年的手工藝創作。而在某次因緣際會回到鹿港，看到胞弟陳萬能的錫雕作品，突然讓許陳春萌發了製作立體繡的靈感。

許陳春用布料與一針一線，慢慢勾勒、纏繞那些立體的動物，顛覆了刺繡是女工的刻板印象。她的手指彷彿纏繞著多年來累積的人生智慧，不僅將作品刺了出來，還是栩栩如生的立體呈現。最有趣的一次經驗，是許陳春帶著公雞的立體繡作品上了公車，結果司機嚇了一跳，以為她帶的是真公雞，問她萬一搭車的過程中，公雞大便的話那不是整台車子都會瀰漫著難聞的味道？在這個趣談裡，能深刻感受到許陳春手藝的精熟。

許陳春：

「十多歲的時候，就跟父親學非常多的東西。
每一樣我們在作的作品，都是一步一步地完成，
一片一片用繡與縫作來的。
經常有客人來往，說我做得栩栩如生，
這樣的一句讚美、或是觀賞時的一抹微笑，
就相當能讓我感到非常開心。
前幾年回到鹿港成立工作坊，
就是希望能夠延續針線情，持續讓美好工藝傳承下去。」

蕭在淦：
「我小時候就會作燈了，十幾歲就開始做，
之後 17 歲就去日本，回來又繼續做。
選擇行業也必須要有合宜的時機，
像現在做燈籠、花燈都沒有市場，
唯有靠政府每年推動元宵燈會，
才讓花燈製作者有一展長才的舞台。」

花燈／新竹北門

萬眾矚目的結構學

蕭在淦

素有一代燈師之稱的蕭在淦，現在已經高齡八十多歲，但製作花燈的時間已經超過一甲子，是台灣國寶級的花燈工藝大師。每年他最期待的，就是新竹北門城區每年固定舉辦的廟會，燈會更是萬眾矚目。所謂「輸人不輸陣」，每年蕭在淦都要不斷地絞盡腦汁變花樣，要作出跟人與眾不同的藝術品，每當聽到有人讚賞自己的花燈，就是最好的鼓舞。

從小就喜愛繪畫的蕭在淦，在十七歲的時候赴日本學作飛機，回來台灣開設百貨用品店，仍然無法忘懷在製作燈籠時所獲得的樂趣。他便利用工作之餘，分別各作了一隻龍與鳳的花燈參加中正紀念堂的花燈競賽，而兩項作品也都獲獎得到肯定。蕭師傅更厲害的地方在於，對於圖像格外的敏銳，讓他不需要預先在紙上構圖，在腦海裡已經勾勒出清晰的圖像。看著他用手指拿起鐵絲，很快就折出他想要的形體，接著很快再透過縫剪，讓作品的輪廓逐漸浮現出來；看起來容易，但這些功夫都是他花了非常多的時間去學習與磨練而來的。像龍、鳳這些動物的花燈，經常受到全場讚嘆；蕭師傅說，那是因為大家都沒見過，可以有比較大的創作空間去發揮。而他所作出的孔雀花燈，孔雀開屏耀眼艷麗，細緻到幾乎看不到任何的破綻或接縫。

過去，蕭師傅學習花燈是無師自通，全憑著一股熱情與傻勁去學起，因為對於花燈的熱愛，以及對於信仰的回饋，不論每一年如何忙碌，他也一定會準備一盞小花燈奉獻給城隍廟。每一個創作，都代表著他的人生，即便製作花燈經常難以被當作主要收入，尤其要耐著性子作這些細緻卻耗時的花燈，眼見堅持的花燈製作者愈來愈少，他更期盼能為下一代留下更多美麗的作品。

想找一首詩，送給摯愛的人。
一句「我愛你」，
就有一百種的表達方式。
這是語言的魔術，
手法再錯落複雜，
最終都回歸到我們的心；
想寫一首詩，送給摯愛的人，
順手摺疊美麗的風景收納在明信片。

你說，最深的感動來自於——
用心耕作，
就像你笑了，
整個世界都亮起來那樣的景色。

然而愛土地的方式，
也不只一種；我們應當彼此了解，
我們都是這座島上的子民，
一起呼息，一起用心感受，
百合花開、彩橋橫空，
光笑聲就能躍動整座森林；
享用大自然給予我們的，
夢想。

我們都是這座島上的子民。
想寫一首詩，送給摯愛的人，
有時怕人看，所以習慣低頭；
滑著手機，好像每個人都擁有一座島，
建立自己的雲端，
一路海角天涯。

我們說的即便是相同的語言，
一種意義，卻有一百種的表達，
又一百種的理解。

除此之外，讓我們把立場輕輕放下，
一同呼息，一起抬頭感受，
舊霾、煙囪就像一行歪扭的字，
在清澈的風景裡，收納在名片裡。
用心炒作，漫天喊價，
手法再錯落複雜，
吹著風，水稻仍然是手無寸鐵啊。

每個人心中都有一畝田，
那裡就是我們最初的故鄉，
不是遠方。

自然地景

在拍片時，我有一個習慣：等待。

拍片能跟這個世界溝通，喚醒我想用鏡頭說故事的慾望。為了等一個最美的鏡頭，我在深夜、等到黎明破曉，再從日出的剎那，拍到旭日高昇。雖然已經看到攝影團隊露出一些疲態，但我必須狠下心，讓我們堅持等待最好的畫面。經常有人疑惑地問我，為何我總是能很幸運地遇到很好的天氣，或是比預想中更美麗的畫面？或者問，為什麼我能夠拍出對於攝影與構圖都如此講究的影片？我想，這就是對於手中工作「堅持」與「珍惜」的態度。

因為堅持，我們不斷對自己要求、對品質要求，用心把屬於自己的專業給做好，才能對得起在這個工作崗位上的自己，對得起大自然毫不吝嗇地向我展現他們最美麗的姿態。

或許就是因為這樣的信仰，大自然願意用許多意料之外的特別演出回饋我。在等待到日出的時候，畫面裡的顏色好像是摩拳擦掌地告訴我們，屬於他們的奧林匹克競賽就要開始了：首先，微光自雲隙透出，在這時我心裡已經有底，已收到預想的畫面，好幾次想要喊——「卡！」但看到後面探頭而出的山嵐彷彿在跟我們說話，「再等一下！這次換我們好好表現了！」接著，光影展開了繽紛的律動，塗滿穿透性的光彩，我們便不自覺地繼續拍下去。在這個魔術時刻，沒有任何人會問「導演，可不可以卡？」，也沒有任何人的視線離開攝影機，每一個人都是聚精會神地看著攝影畫面，捕捉著眼前的美麗景色。儘管是數夜未眠，每個人仍睜大了眼睛，記錄著這齣大自然的戲劇，就怕會漏掉一個更精采的未知畫面。

清境高山／南投

尋找雲裡的原鄉

為了找尋雲裡的原鄉，遠行向上。
草原輕輕，笑得滿香遍野。
時光的老手沿著風的形狀，寫首青青的詩。

離開喧囂的都市環境，難免會想要尋求寧靜，能將身心靈釋放的地方之一，就是位於南投縣仁愛鄉的清境高山，空氣清新，像置身於雲裡的原鄉，有如「霧中桃源」。

在清境高山，四季的景色都不同，在 1961 年成立的清境農場，青青草原就是位在這個台灣海拔最高的農場。周遭有連綿起伏的合歡山、奇萊山等高山，而披著彷彿雲朵般的綿羊與各種歐式建築，都為農場帶來了萬種風情。

徜徉在能夠洗滌人心的環境，耳邊似乎響起《牧神的午後》，牧神潘恩輕快的牧笛聲，萬物跟著昂揚，進而有夢幻飄渺的感覺。

日出雲海／嘉義阿里山

期待遼闊的瑞光萬丈

當我們抬起頭，白雲靜靜飄過。
就像生命之逆，樹林隨著風，揮著手。
時光一直是如此泰然自若，
期待日出的瑞光萬丈，感受雄心望遠的遼闊。

阿里山的日出、雲海、森林、晚霞與鐵道，共稱為阿里山五奇而享譽國際。尤
其以阿里山的日出，就像是宇宙之神騎著太陽馬車奔騰升空，隨著陽光升起、
穿透雲海的恢弘與壯闊，彷彿鼓舞著生命的起源，仰望著蒼穹之下的群峰，
是最不可預料的美景。許多來到阿里山的遊人趁著天還沒亮的時候，等待著
日光，期盼能夠看到日出美景，在山上的氣候多變，又或者是雲霧的遮蔽，而
「它」的每一場表演總帶給人出乎意料的驚奇。

太魯閣／花蓮

天雕地鑿的山壁

在天雕地鑿的萬仞山壁裡，
提醒我們用更謙卑的態度面對萬物。

太魯閣地跨花蓮、台中、南投三縣市，名稱源自於賽德克族的部落名稱。太魯閣名列在台灣八大景當中，當地的絕崖懸壁與壺穴是其特色。

在燕子口步道，一邊通過狹窄的步道，一邊還可聽到淙淙流水聲，在步道裡穿梭的旺盛氣流、水流雕鑿的壯闊奇景令人心曠神怡。九曲洞步道，原來是中橫公路的舊有道路，特有的峽谷景觀，仰望是令人讚嘆的險峻地貌，俯視則能看見急湍流水。附近山壁有非常多的岩石斷層與裂縫，都是地殼運動的痕跡。

當大自然的手雕塑出拔地而起的千仞絕壁，提醒人們用更謙卑的心，面對深不可測的自然。

太魯閣岩石／花蓮

石頭裡頭的靈魂

是否感受過石頭裡頭的靈魂？
當你走過，不妨拾起小石子，
感受這塊土地的呼吸。

當我們穿梭在太魯閣峽谷的路途，就像進入一場天工開物的大地博覽會。

台灣最古老的岩層，是東海岸以大理岩為主的變質岩岩層，可能遠從兩億多年前從海底火山噴出的岩漿與灰燼沉積而成。而後台灣在汪洋大海中，因地殼運動的皺褶與堆積，成為在海面上的一個島嶼。

在岩石裡美麗的紋理，訴說的就是這塊島嶼的故事，持續的造山運動將新生代與中生代的沉積與火成岩層，以及其下層已褶皺、變質的古生代岩層再度翻起。高山峽谷來自歐亞板塊與菲律賓板塊的擠壓，以及造山運動和急速的溪水下切，地殼經年不斷隆起，卻又經強烈的河水沖刷甚至切斷，成就了讓許多遊人來此都嘖嘖稱奇的太魯閣峽谷。

除了鬼斧神工的參天峭壁與居鄰汪洋之外，更有豐厚的文化遺跡與這個環境共生共存。

蘇花公路／花蓮

聽著浪潮放慢步伐

聽著浪潮、風聲，放慢忙碌的步伐，
學著將生活寫成一封信，把所有的盛世光景都寫進。

花蓮，過去稱為台灣的後山，源自於區域受到高山連綿的阻隔，對外交通相對困難。蘇花公路的存在，北起宜蘭蘇澳，南至花蓮市，百餘公里的絕崖峭壁，是許多上一輩的築路者用血汗劃出如空中走廊般的景觀公路。蘇花公路的名稱，來自第二次世界大戰之後的重新命名，而早在清光緒巡撫沈葆楨來台時期，為了聯繫東西兩岸的交通，便有修築了一條「北路」，起至蘇澳，南往南澳，極為曲折陡峭，也因常有落石與坍方狀況，清末幾近荒廢。後來在日治時期，受到日人改建，並鋪設砂礫路面，改稱為「臨海道路」。直至二戰後，此路改稱為「蘇花公路」，人們經常在此蜿蜒地穿梭在東海岸，彷彿感受造物者移山倒海的本領，用更謙卑的心，去傾聽自己的靈魂，去看待深不可測的大自然。

站在蘇花公路旁的海岸，彷彿能聽見太平洋的呼吸，隨著潮來潮往的細紋，訴說著歲月的故事，提醒遊人們把腳步放慢。

日月潭／南投

潭間小徑的白鹿傳說

鹿過，lalu，相傳是祖靈 Paclan 煮沸雲水。
薄雪菜笑得滿香遍野，帶領長老們翻開山霧，
穿梭箭竹草原與冷杉林，發現潭間白鹿。

日月潭位於南投縣魚池鄉，「日月」指的就是菱形的日潭與形貌細長弧形的月潭。因為充滿靈性之美的景色，讓此地又有「雙潭秋月」之稱。因為當地明媚的風光，每年都會舉辦萬人泳渡日月潭與自行車環湖的活動。2016 年日月潭與日本靜岡縣濱名湖締結為姊妹湖。此地格外適合茶葉生產，日月潭紅茶就是因為在此種植的茶葉可以享受適宜的年均溫與雨量，所沖泡出的茶湯特別艷紅香甜。

最早在此紮根定居的邵族有一個傳說，述說他們是如何翻找到這塊好山好水的環境——最初，邵族的祖先因為打獵的時候巧遇到一隻肥美的大白鹿，一行人為了找到這隻白鹿，四處翻找，甚至一連就找了好幾天，也因此把他們引到這塊世外桃源，後來邵族便舉族遷徙至此地定居。

紙教堂／南投

療癒之所在

在島嶼的背脊上，有些刺不斷提醒我們：
這塊土地上呼吸的時候，曾經傾圮的命運，
傷疤裡，生成一朵朵最堅韌而美麗的花。

台灣處於歐亞大陸板塊與菲律賓板塊之交，地震頻繁，1999 年 9 月 21 日凌晨於南投發生芮氏 7.3 級強烈有感地震，崩裂美麗山河，瓦解許多家庭與人們的情感。根據官方統計，此次災禍造成有 10 萬幢以上的房屋倒榻，三千多人意外喪生。這樣的傷痛，就像一根刺在島嶼心臟上的針，每當這塊土地呼吸的時候，就不斷提醒著我們這個傷疤的存在，以及曾經傾圮的命運。

位在南投桃米社區的紙教堂，來自於日本原先在阪神大地震後作為「希望重建基地」使用的場所。同樣是海島國家的日本，也飽受地震影響，在 2008 年，日本將紙教堂空運來台，期盼延續災後重生的精神。面對一次次的天災撕裂無數災民的傷口，在社會便形成一股震後恐慌群，儘管震後所產生的傷痛，久久不能停歇，總是會有一股力量，使生命重新燃起希望。

另外，紙教堂還有一個文化的意義，便是南投擁有「紙的故鄉」稱號，而這棟建築代表的是文明之母，逐漸轉化為面對創傷、新的曙光乍現，產生超我的昇華療癒，具有社會現實的關懷，喚起人道精神的共鳴。

蛇窯／南投水里

手藝與呼吸盤繞成形

隨著時光的箭頭催人往前，
人世風景緣起生滅，如同蛇窯的悠遠歷史。

水里位於南投縣中部，濁水溪上游，沿著水系區分幾個聚落，在日治時期日軍為開發山地資源，開闢道路、設置糖廠。而後因 1970 年代的伐木業興盛，成為貨物集散中心，在當時非常熱鬧，有「小台北」的稱譽。

將近一個世紀以前，水里的窯場種下製陶業的幼苗，陶土從一堆沒有生命的泥土，透過師傅的手藝與呼吸，盤繞成形，使得製陶與蛇窯成為不可取代的在地創作藝術。

南投的陶器除了作為生活的用具之外，主要還有裝飾品的表現，耐心專注都影響著陶器的形狀與生命，生坯入窯，燒柴升溫，隨著坯體半乾，師傅就會把坯體放在拉坯機上進行修整，也會在這個時候黏接其他的組件；製陶的方式很多，手拉坯、捏壓、土條圈泥法。儘管製陶師傅面臨機器生產的價格競爭，他們仍期盼能用手作持續傳承下去，那些不可取代、自然生動的釉色與質樸的雅趣，帶著觀賞者持續見證窯燒歷史的痕跡。

柿餅／新竹新埔

維持記憶的味道

堅持使用傳統的柿餅製作方式，
就是要維持記憶的味道，
咬一口柿餅，體驗世界的美好。

秋風起，香甜的柿香再度飄過，吹出新埔鎮歷史故事。新埔鎮過去是平埔族打獵的荒地，舊稱「吧哩嘓」，相較於沿海地帶已經被開發的土地，順序是比較晚開發的，於是後來地名是「新埔」。

新埔小鎮，是米、蔗糖、茶葉、以及柿子等重要農產品的集散地，同時也有非常豐富的客家傳統文化。味衛佳柿餅觀光果園的劉理鑑老闆，說明柿餅的傳統製作方式：選果清洗以後，從柿子削皮去蒂、進入炭烤室烘烤，接著運用當地的九陣風風乾，經過日曬與柴火烘烤之後，再通過按捏捻壓、烘焙殺菌的過程，才能有軟 Q 香甜，質地細緻的可口柿餅。

在乾燥機的大量運用後，柿餅能夠更快速的被製造出來，縮短工時，但會缺少曬乾與風乾的味道。除此之外，柿皮還可以染色，繪染、冷染、煮染，不易褪色，物盡其用。

每當靠近柿園，後山兩百多棵柿樹，前屋後擺滿了一籃籃曝曬的柿子，就像是黃澄澄的陽光，蔚然壯觀；然而，在這一格格的籃子裡擺著滿滿的柿子，就像是日曆上的格子，在每天的行程裡，用他們的心意與汗水填上，並放下滿滿的金黃柿子作為標記。

八卦山茶園／南投

回甘寂靜的禪味

每一摺的澀味是陳年而皺摺的日子，
沿著香氣：喚醒台灣的靈魂。
回甘，找回寂靜的禪味。

八卦山位在南投縣竹山鎮，因為一圈圈圍繞的茶園形狀貌似八卦擺陣而得名，與周圍的山景相映，這一片片墨綠色的茶園，四周環繞著薄薄的霧，就像泡起熱茶時的蒸汽，彷彿人間仙境，風景非常優美。早期此區域，大多是種植孟宗竹林，因為丘陵地勢適合種植茶樹，帶動了種植茶葉的風潮，使得當地農人紛紛改種茶樹，也在無意間種出八卦形狀，而數十位農人們戴著斗笠在茶園裡採收的景象，收納在一場攝影比賽的相片中，八卦茶園因此名聞遐邇。

茶，不只是農作物，還是一種文化。從喝茶、茶具、甚至喝茶的對象與場所，都是一種學問。台灣得天獨厚的地理環境，有高山、有丘陵、以及濃厚的植被，位在亞熱帶，海拔高、氣溫變化大、雨水豐沛。因風土而生的烏龍茶、高山茶、紅茶、鐵觀音等茶種，聞名國際。

阿里山小火車／南投

騰雲駕霧的記憶

在晴朗的山嶺上，熱烈的歡呼聲中，
阿里山蒸汽火車走出塵封的記憶，
騰雲駕霧而來。

由於阿里山山區的林木多元，日治時期興建了森林鐵道之後，嘉義很快就成為台灣最大的製材業中心。阿里山的檜木、扁柏經由森林鐵道運抵嘉義車站之後，都被送到車站旁的貯木池（俗稱杉池）存放，以防止木材乾燥龜裂；原木所含的樹脂釋出，因此能保持品質，提高售價，帶來更大的商業利益。

而當年超大型起重機吊卸巨木的作業，更是蔚為奇景，除木材商現場選木看材，民眾好奇圍觀，遊客或畢業旅行的學生都會到此一遊；由於杉池中檜木飄香，民眾偷閒垂釣，相映成樂，又有嘉義八景之一「檜沼垂綸」之譽。以木材「香」氣召喚了林森路的人文地理特質。

自 1912 年阿里山森林鐵路北主線完工通車後，嘉義製材業就進入起飛年代，包括營林辦公廳舍、營林俱樂部、製材所、東南亞第一座火力發電建築物均逐一完工。這使嘉義成為著名的木材集散地，旅館業、餐飲業等隨之興起，帶動市街繁榮，嘉義被稱為「木材都市」。

再次披掛上陣的老車頭，就像是在迷濛仙境裡騰雲駕霧而來，曾經飽嘗風霜，卻依然精神抖擻，仰天長嘯。

恆春／屏東

岬角末端的四季

恆春半島是島嶼最接近陽光的地方，
以細長的岬角指向地球中心的赤道，
像是令人安心的存在。

屏東縣恆春鎮位於台灣的最南端，由於緊鄰太平洋、巴士海峽與台灣海峽三面環
海，因此又稱作恆春半島。所謂「恆春」，意思就是「四季恆春」，不同族群在
此磨合，豐富了恆春古調。但「恆春」這個名字是在清朝以後才有的，在那之前，
當地的古名叫「瑯嶠」、「郎嶠」，意思就是排灣族語「蘭花」的音譯。

海水的風情與浪漫情懷，隨魏德聖電影《海角七號》聞名，古城的歷史人味與得
天獨厚的自然條件，帶動觀光人潮，使許多人慕名而來。

恆春古城建在清朝末年，是國家二級古城，以磚石灰土砌成，是台灣保存最為完
整的古蹟，當初興建原因是為了抵禦外敵。現在的城門、城牆、與砲台等都保存
得十分完整，而城門則位於車水馬龍與櫛比鱗次的現代建築中。

屬於熱帶氣候的恆春，同時具有珊瑚礁地形，墾丁國家公園 1982 年在此地成立，
是唯一具備陸地與海域的國家公園，鵝鑾鼻則是本島最南方的點，鵝鑾鼻燈塔散發
著海洋島嶼浪漫情調的光之魔杖，當旭日從海角奔騰昇空，便喚醒這座島嶼。

墾丁／屏東

海角新樂園

時光忽悠地流過，白雲靜靜飄過。
國際知名的海角新樂園打開天空、陸地與海洋的通道，
沿著熱鬧的人聲，把時間炒得火熱。

墾丁的名字源自於「開墾」與「壯丁」，其由來是在清朝時，主政者招撫大批來自於中國廣東的壯丁來此拓荒開墾，為了紀念這些篳路藍縷的壯丁因而得名「墾丁」。

墾丁國家公園，是全台第一個成立的國家公園，位於屏東縣，以及最南端的恆春半島，因而三面環海，也是涵蓋陸地與海洋的熱帶區域國家公園。聽著遠方的潮聲，渾然天成的礁石就像一件件大自然驕傲的雕塑作品，每年都吸引許多觀光客來此，哼著屬於夏季的歌，欣賞完山色與陽光以後，盪著海的線條，讓我們再通往海生館，尋覓龍宮的奧秘。

位在車城往墾丁路上的海洋生物博物館，是全台唯一展示海洋活體生物的博物館，主要設施共分為三大主題：擬仿自然生態的台灣水域館；穿越長達 84 公尺的海洋隧道，彷彿置身海底的珊瑚王國館；以及展示古代海洋、海藻森林、深水與極地海域的世界水域館。墾丁就像是一場南國的夢，創造一個充滿驚奇的美麗世界，令人流連忘返。

九份／基隆

山城巷道蔓延如戲

如果人生如戲，時光就是可以任意穿梭的隧道。
靈魂，追著青春的航程跨嶺渡海，
躍動的生命力，沿著屋宇遮天的山城巷道蔓延。

九份是位在新北市瑞芳區的山城小鎮，它的起落就像一部精采戲劇，要到達臨山靠海的九份，通常要先通過蜿蜒的山路。鄰近港灣的山城，還有當時全國第一家的電影院「昇平戲院」，空氣浮盪著一股與都市不同的氣息。

九份的地名由來，一說是這個質樸的小山村，原本只有九戶人家，由於交通的來往大為不易，每次添購入山都必須採購九份日用品；另一說則是與許多台灣舊地名的情況相似，都是來自於漢人墾拓的股份，而早期九份居民大多以種樟樹、煮樟腦為業，十口灶為一份，而當地有多達九十多口大灶的產量，也就是能夠換算成九份，久而久之便以此命名。

十九世紀尾聲，因建築基隆到台北的鐵道而發現金礦的存在，外來的淘金客開啟了九份山區礦業的流金歲月，隨著大量的經營者與礦工移入，在 1930 年代，金價上漲，黃金城的燈火更是徹夜燃燒，眾人共同在山村裡編織著發達的美夢。

隨著美夢破滅而燈暗人散，逐漸回復到那寧靜的九份，在電影《悲情城市》中獨特的舊建築引起遊人們思鄉懷古之情，來此探訪。而懷舊情調的美食，芋圓、地瓜圓、芋粿巧、草仔粿等都成了許多遊客們的最愛。

九份夜景／基隆

蛻變的每一束光

透過交疊的時光，這座城市每天不斷在蛻變，人們也是。
在夜景的每一束光：路燈、霓虹燈與萬家燈火⋯⋯
都代表著一篇篇故事的上演。

在這個背向大海的山城，在九份前面就是紫醉金迷的都會魅力，路燈與車水馬龍的燈火閃耀交錯，就像一條條金鍊子，鋪在都會街道上。跨過城市的喧囂，來到燈火點亮的山城九份，這裡的夜晚特別充滿故事情懷。這些老房子想必看盡了人來人往，以及這塊土地的興衰，看盡礦坑的繁華一時，與再次吹熄的燈號，而觀光的人潮再次點亮山城，讓那些故事再次甦醒。

宮崎駿知名動畫《神隱少女》的場景，神似九份街路的氛圍。到了夜晚，人聲鼎沸的觀光客與店家的吆喝聲暫歇，回復寧靜的夜晚，古色古香的建築在昏黃的燈光映照下有那麼些的惆悵與神秘。

夜景／台北

流淌都市裡的時光

時間是流淌的。
在這趟生命旅程，
用各種姿態駐足、展翅、輕舞，而飛揚。

夜裡的台灣星羅棋布，都市的夜景就像是裝飾在街道的肩上，一條條綻放金黃光
芒的鍊子，霓虹燈的閃爍，則像是七彩花火的繽紛絢爛。都市的腳步很快，時間
過得也很快；不斷地來來去去，犬牙交錯的回憶一閃而過，而對於故鄉或是另一
端的思念，沿著夜空滑翔，一刷過月光，星火熄滅，一不小心就會迷路在街道上。

儘管如此，不妨聆聽內心真正的聲音，勇敢的把日子塗上光陰的顏彩，把未來的
路持續「走」出來、走下去。

眼前的人生，將會讓我們持續向前跑動、往前追尋；而地球，也得以持續轉動。

黑面琵鷺／台南

魚和鳥的樂園

時間很賊，
當我們以為文明已經發展到熠熠生輝的時候，
把一些當下誤認為永恆，卻是在不斷失去。

台南的四草綠色隧道，穿過豐富的紅樹林生態，範圍含括著台南市安南區與七股區濱海陸域的台江國家公園，是台灣第八座國家公園。在過去，台江國家公園這個地方曾被大規模開闢作為鹽田與養殖漁業所在，這個地方擁有著珍貴而多樣的生態寶庫，在地方環保團體不斷的爭取之下，台江國家公園曾是野生動物保護區、曾經是濱海風景區。而名稱裡的台江一詞，來自於歷史上所稱的台江內海，指的是台灣西南的潟湖，但在十九世紀之後這個地方逐漸陸化，沙洲逐漸與陸地融為一體。養殖漁業受到成本壓力與環境的影響，而停止持續開發這個地方，剛好使得這塊自然環境受到休息與保養，使得台江孕育出濕地，逐漸演變成為魚和鳥的樂園。

在每年的十月初，黑面琵鷺會來到台南七股的海岸線溼地度冬，到隔年三月再陸續飛離。全身白色，嘴巴末端寬扁，因此又有個稱呼叫做飯匙鳥或黑面勺嘴；而牠們在行動時優雅的動作，經常讓人感覺像在跳舞，因此又獲得黑面舞者或黑面天使的美名。

大武山紫斑蝶／屏東

用盡一生翱翔而來

蝶舞翩翩，就像天空中不斷飄降的花瓣一樣，
他們是「勇士之魂」，從北到南，
遠從兩百多公里之外，幾近用盡一生之力翱翔而來。

在南台灣的大武山上，那裡不僅是排灣族與魯凱族心目中的聖山，也有與墨西哥「帝王蝶谷」並列世界二大的越冬蝶谷──「島給納」。

被茂林譽為紫色寶藏的紫蝶蝶群，在每年十二月到隔年三月的「紫蝶季」，數十萬的紫斑蝶在幽谷中，蝶舞翩翩、輕靈舞動，就像天空中不斷飄降的花瓣一樣美麗，他們是「勇士之魂」，從北到南，遠從 254 公里之外，幾近獻盡一生之力，翱翔而來。或許就是信任自己的直覺，沿著這條謎樣的遷徙路線，讓我們都能看到生態之美。

然而，風災曾將美麗的山谷摧毀得面目全非、滿目瘡痍，重建之路看似遙遙無期；但每年定期造訪茂林的「紫斑蝶」卻沒忘記約定，鼓舞了當地許多曾受風災橋斷屋毀的人們，慢慢撫平傷痛的心，為災後的家園山河，重新帶來生氣。

海豚／花蓮

凝視海洋寫下的藍

讓我們認識，天空的湛藍所經常遺忘的孤獨。
當我們的夢游到原鄉，安靜的心終究返航。

每當春夏來臨，沿著滔滔不絕的東海岸，聆聽太平洋的呼吸，最常看到的就是跟在船隻後面搖擺飛旋的海豚，經常追著船隻，彷彿與遊人同樂，帶來生命的驚奇。每一次的穿出或飛越都讓人難以預料，依稀能感應到海浪壯闊的身世。這時此刻，海洋家族裡的海豚從海面裡緩緩從水面上劃出，在圓圓的孔裡噴出高揚的水霧，似乎號召身旁的其他鯨豚，共同乘風破浪，悠遊在藍色的天空之海。

台灣作為四面環海的島嶼，海洋對於我們是可親的，之所以在花蓮容易看到鯨豚，正因為東海岸的外海深度夠深，能讓鯨豚們棲息，並有黑潮屢經帶來大量的魚群。海豚與各種魚類活躍的存在著，彷彿跳躍在水面上的美麗精靈，成群結團，鼓動著遊人們一同打開繽紛的心，讓自己的世界就如望去沒有邊際的海洋一樣更為寬闊。

新社花海／台中

美麗的花精靈

花精靈就像頑皮活潑的孩子，
在台灣這塊綠色畫布上，此起彼落。
又像來自各地的方言，燦爛耀眼、多元民主。

新社位於台中中部偏東，沿著大甲溪畔，輪廓為狹長形，多數地形是河階台地，依山傍水、氣候溫和，多地形雨，盛產葡萄、高接梨、香菇、枇杷等品種水果與花卉的栽培，另有中部後花園的美譽。

台灣的花卉多產、多元、多銷，隨著國際市場的競爭，新社努力往花卉栽培轉型，現今廣受國內與外銷市場的肯定。花卉縮短了人與人之間的距離，在這個時候提醒遊人們放慢匆忙的腳步，讓心隨著花海舞動飛揚。不論是嬉戲於原野，或含笑於枝頭，花卉們強韌而美麗的生命，隨處可見的花海豐富了遊人們的視野，讓人不禁高歌關於自然的奧妙。

花謝花飛飛滿天，花謝花會再開，但有些生命卻是一去就不回頭了，要好好把握每一刻綻放的美麗。

金針花田／花蓮

忘卻生活的煩憂

一大片的金針花田，彷彿一群金黃色的精靈，
在山林間恣意的歡樂奔馳。
忘憂，正是金針花的花語，
一閃一閃，讓人忘卻了生活的煩憂。

每年到了夏秋之交，就是台灣東部金針花紛紛盛開的盛產期。花蓮的六十石山、赤科山、台東的太麻里、甚至在嘉義的梅山，都能看到金針花的「花跡」，帶給人熱情、陽光般燦爛的感受。

花就像是無聲的信使，將蘊含的情感傳達給對方。西方人稱「金針花」是一日美人，許多文學家經常把花寫入到自己的作品裡。然而，金針花不只是美觀的澄澄花海，還可以作為可口的料理，好看又好吃，擁有豐富的營養成分，不論熱炒、涼拌或煮湯，例如一盤金針花清炒肉絲、或是放進香醇的香菇雞湯，除了金針的花苞之外，嫩莖也擁有碧玉筍之稱，不過要注意別使用太過鮮艷的金針花來料理。

當我們見到金針花一閃一閃，這群金黃色的小精靈花語為「忘憂」，彷彿讓人也忘記生活的煩憂。

阿勃勒／台南白河

漫步金黃路上

阿勃勒的串串花瓣落下如飄著黃金雨，
在微風吹拂下緩緩飄落，
試著漫步在滿地金黃的路上，
浪漫至極。

台南市白河區除了在夏季遠近馳名的蓮花盛開之外，木棉花、南洋櫻、以及阿勃勒並稱為「白河花季四部曲」。白河，舊稱「店仔口」，位置緊鄰嘉義都會區，白河市區的形成，主要來自於關子嶺到鹽水港的交易，貨物從山區到平原的出入，隨交易熱絡所逐漸形成的聚落，因此又稱「店仔口」。

阿勃勒一般在五月盛開，在盛夏的陽光照射下，金黃耀眼，隨風搖曳，就像一大片甜美的黃金雨，將亮麗的葉子隨風搖曳在道路間，就像是燦爛雨絲般的黃色花串，閃閃耀人，是信仰佛教為主的泰國的國花。阿勃勒生長在熱帶與副熱帶的地方，樹長大約十多公尺，生長快速。當穿梭滿溢的草風花雨之下，細細領略香氣襲來的感受，以及撲面而來的視覺震撼。抬頭一望，正是滿布金黃的星光閃閃。在白河蓮潭的阿勃勒與蓮花相映成趣，金黃耀眼，景色令人感動。

手工麵線／澎湖

簡單的味道

味覺，是有記憶的。
一碗麵線，柔順的口感、簡單的味道，
便創造了無法抹滅的記憶。

麵線看似簡單傳統的小吃，源頭與作法卻大大不同。

麵條可分為漳州、福州、泉州三派，其中大多使用米糠製作的漳州、泉州兩派，大多分布在台灣西部，例如彰化、鹿港的麵線，大家又稱為「本地麵線」；福州麵線則分布在嘉義以南居多，澎湖手工麵線便屬福州麵線。

澎湖日光像是源源不絕的發電機，常年多風、少雨。乍看是環境劣勢，在地人將其扭轉成製作手工麵線的優勢條件。少雨，恰好有利於充足的日曬；多風，則讓麵線得以均勻地風乾，反倒為麵線增添了彈性與口感。

製作手工麵線是要看天吃飯的行業，陽光是必備條件，從清晨三、四點開始準備，醒麵、拉麵、與曬麵等……每個步驟都必須搶快，趕在日正當中之前，將麵線擺放在陽光底下烘烤、曝曬。除了日照，南風或北風也會影響麵線的品質，一不小心麵線就會出水，麵線就會糊在一起；吹到涼風，麵線就會緊縮。除此之外，拉麵線需要長年的經驗累積，用力甩下的麵線會生成好幾個波浪，相當具有力與美。但拉得太輕，沒有什麼作用；太用力就可能會斷掉，一不小心手腕還可能受傷。

手工麵線的成量不多，非常難與機器抗衡。在天氣晴朗的路上，看到銀絲瀑布的情景，是澎湖當地最特別的人文景觀。

蘭嶼／台東

陽光在船舵上跑

陽光在船舵上跑，
沿著港灣曲折，
到海角天涯，故事持續。

蘭嶼，位於台灣本島東南方的島嶼，獨特的達悟族文化風俗，帶給這塊土地更自然而繽紛的色彩。

紅頭嶼是蘭嶼的舊名，所謂「紅頭」，一說是因為陽光照射下的山頭顯得整片緋紅；一說是因為居民以捕魚作為主業，常泡海水而頭髮通紅。後來取造地特產「蝴蝶蘭」的名稱改地名為「蘭嶼」。

講到蘭嶼，就經常使人想到拼板舟、飛魚，還有保留最純淨樸實的自然風貌。每年的春、夏季，有許多遊人們追著飛魚季而來到蘭嶼；而蘭嶼人將飛魚當作是上天的恩賜，魚是生命之源，而拼板舟就是維持生計的重要海上工具。

拼板舟上面的圖騰，象徵著達悟族不斷傳承下來的文化圖騰，而製造拼板舟的木頭，經常就是蘭嶼少年們小時候照顧長大的樹，這有著「惜本」的概念。對達悟人來說，船等同於家，船要乘載的，是飛魚、與族人們，還有天神，還有自古至今的蘭嶼文化史，不能未經同意隨意去碰觸的。

澎湖海事／澎湖

風與浪的滋味

打開風櫃蒐藏已久的宇宙，
感受歷史的壯闊感，
雜揉著風與浪的滋味。

澎湖群島就像一串珍珠，掛懸在台灣海峽東南方。澎湖又稱為菊島，由於島上
盛開的天人菊而得其名。色澤嫩黃的天人菊，象徵島民們生生不息的力量，以
及面對再艱困的環境也永不放棄的精神。

根據方志，澎湖古名方壺、西瀛、島夷、亶州，澎湖群島周邊海域蘊藏豐富魚
產，居民以漁民為多，又有「漁翁島」（Pescadores）之稱。全區僅有 19
個島有人居住，總面積約 128 平方公里，澎湖跨海大橋連接澎湖群島之中的
白沙島與西嶼島，是當地的主要交通要道之一。

面積最大的島嶼是馬公本島、西嶼、白沙、七美及望安等島嶼，海岸線蜿蜒達
320 公里，風光奇絕秀麗。在地質上，除了西邊花嶼群由安山岩組成外，其
他各島皆由特殊的玄武岩地質所組成。

澎湖多風多沙，風季經常影響居民生活，為了鎮風、避邪、求安，天后宮、鎮
風塔，都成為當地極為重要的文化建設。澎湖的每一當下都承載著龐大無盡景
觀和自然生態、博廣的文化意涵、縱深的歷史傷痕和游移互動的人群，以從容
的腳步喚醒人們的心，正是澎湖得天獨厚的開闊感。

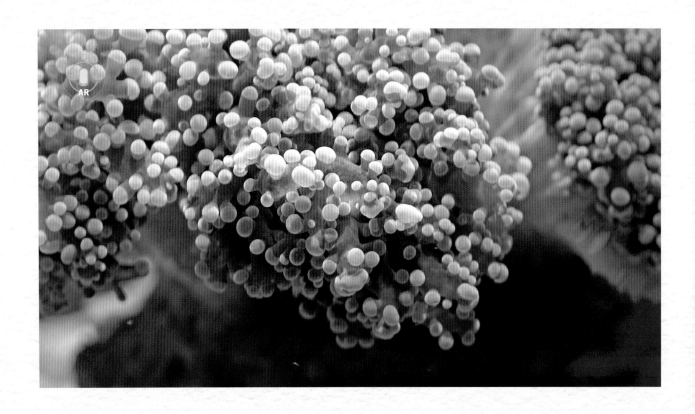

海洋生物／綠島、蘭嶼

珊瑚礁世界

台灣四面環海，有長達1千1百多公里的海岸線，
在四周的海洋下，
色彩斑斕的水中遊樂場，
每一寸都布滿生機，眾人莫不想要聚焦目光，
一探究竟奇幻而繽紛的海洋世界，
多愛她一點，她將回報給我們無可言喻的感動。

台灣，福爾摩沙，蘊藏許多其他國家所沒有的寶貴資源。在陸地上的台灣，擁有豐富而多元的自然生態與文化，有高聳入雲的山脈，還有滿眼青翠的農村台地到大廈林立的都市叢林；在海洋下的台灣，則是太平洋中耀眼的寶石，因為地處板塊交錯，台灣沿岸由沙岸、岩岸、斷層海岸、以及珊瑚礁海岸所構成的。

相對世界的海洋而言，雖然台灣所占的海洋面積是相對小的。但是，我們所擁有的珊瑚礁多樣性，卻可以跟國際知名的澳洲大堡礁相比。許多喜愛探索各國海底世界的潛水好手紛紛慕名而來。這些來自世界各地的「游人」告訴我們，他們進入台灣周邊的海洋以後，發現為什麼台灣要稱為寶島？因為全球十分之一的魚種，在台灣都能見到；而全世界五分之一的珊瑚礁，台灣也有。這些豐富多元的海洋生態文化，在世界上是數一數二的，更經常能見到許多讓人驚嘆而意想不到的生物。

真葉珊瑚／綠島、蘭嶼

繽紛多樣的海洋生物

就像是海洋生物博覽會，
美麗的珊瑚礁世界更成了奧林匹克競技場，
時刻上演著一場場榮耀諸神的盛大賽事與慶典。

地球表面有 70% 是水，如果潛入海底，映入眼簾的珊瑚礁，一座就可能擁有萬年的歷史，過去我們的祖先以為「珊瑚礁」是樹木、是石頭，直到現代科技的驗證，原來珊瑚礁是一種動物，由珊瑚蟲的骨骼所慢慢組成的。此外，在珊瑚的動物性組織裡，存在著非常多的共生藻類，所以也是一種植物。正因為珊瑚具備複雜的結構，才能提供海底的許多生物居住的環境。

由於氣候與水溫的關係，四季海洋擁有不同的特色，而各種顏色、形式與種類的珊瑚礁，使得整座海域美不勝收。我們一邊潛入海底天堂，讚嘆造物主的神奇，更可怕的是，我們也發現到海底的世界也如同陸地都正遭受嚴重的破壞。

從台灣到全球廣袤的海底樂園，珊瑚礁面臨灰化危機，魚類被濫捕，每天海底的景觀都不斷遭受破壞而改變。文明開發與生態保育，或許只能選擇對立，但這些都可能是我們在陸地上生活所看不到的。

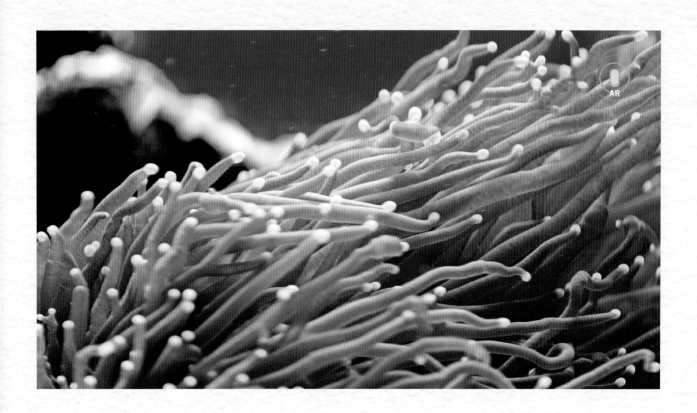

管蟲／綠島、蘭嶼

生命力的實幻

在你的想像裡，管蟲是長得像什麼樣子呢？
髮辮飛揚的雷鬼歌手，
或是水袖飄逸輕柔、嬌媚婉轉的生命舞者，
又或者是處處紅飛翠舞，
無以名狀的生命讓想像無限延伸。

因為豐富的海洋景觀，讓許多人愈來愈喜愛潛水這項運動。許多潛水教練表示，
經常帶著學生學習潛水、探勘美麗的海洋世界以後，學生上來陸地以後問的第一
件事，就是要買漁獲，或問哪裡的海鮮最好吃？如果海底的魚全部變成餐桌上的
魚，那將來海底的魚量將大量枯竭，許多人再下去海洋，看到的就只剩下海水與
灰化的珊瑚。

或許我們能夠從自己做起，讓這些生物都有機會能夠在最短的時間獲得紓解與還
原的機會，例如推動、支持將鄰近陸地的海洋地區劃分海洋保護區，至少有限地
讓魚量的成長，也讓傲人的寶島海洋文化，不要只剩下海鮮文化。

小丑魚／綠島、蘭嶼

共同生活的最佳伴侶

小丑魚因為亮麗的外型，
往往是受人喜愛的水中明星。
鮮豔的小丑魚和珊瑚礁的近親海葵，
組成了互助合作的最佳拍檔。

在廣袤的海洋深藍裡，我們永遠不知道，接下來的探索會有什麼樣驚喜的發現。海洋下的台灣瑰麗而奇幻，只要下來一次，海底的魔幻種子，便會在我們的心底生根發芽。就像是繽紛爭豔的魔法，當我們靜下心欣賞，它們的美麗，也帶著我們省思人類對待海洋的態度。

近年來，由於人為因素的破壞以及自然的變遷，這片深藍的幻境逐步遭受破壞，海岸成了拾荒人翻找資源廢棄物的最佳去處。十年前美國《科學》期刊中的海洋健康狀況的分析報告已警示全球，到 2048 年，海洋的魚類將逐漸枯竭；而海洋中那些美麗的珊瑚礁群也將絕跡。因此許多國家紛紛加入投入人工魚礁、劃設海洋保護區的行列，都是期盼能夠保留更良善的海洋環境。

海底攝影／綠島、蘭嶼

邂逅陌生細節

這個深藍的幻境有多吸引人，
跟著水裏的七彩玩伴走就對了。
置身大海，感受無重力的飄浮，
隨著海流，慢慢探索海底迷宮，
在廣袤的深藍裡，驚奇不斷上演。

海底攝影師所要面臨的問題，比在陸地上還要困難太多。除了克服強大的水流之外，必須解決燈光與攝影機設定的問題，再根據自己的經驗和技術調整鏡頭與方位。為了要完整呈現五顏六色的海底世界，是相當困難的事情。

隨時間不斷前進，環境不斷改變，我們透過當下的記錄，將過去的影像，呈現在未來人們的眼前。但倘若未曾關注腳下土地與周遭的海洋，讓這些美麗的海洋故事只留在影像裡，成為只存在夢想裡虛構的故事，那是非常可惜的事。

搶救那些即將消失的美好事物，不論是百工技藝或自然景觀，每一個小地方都值得讓我們一起做起！加緊腳步，珍惜自然與人文所寓藏的驚奇寶藏，共同關注環境保育議題，以實際行動來愛護台灣這塊土地，以及這塊土地上所有美麗的人事物。

國家圖書館出版品預行編目 (CIP) 資料

Formosa 美力臺灣：AR 新視界 / 曲全立 , 趙文豪著 .
-- 初版 . -- 臺北市：數位新媒體 3D 協會 , 2017.12
　　面；　公分
ISBN 978-986-95896-0-4（精裝）
1. 紀錄片 2. 人文地理 3. 臺灣
　　　987.81　　　106023230

Formosa
美力台灣
AR 新視界

作者／曲全立・趙文豪
影像旁白／郎祖筠
旁白文字／李維琳・黃雅勤・趙文豪
影片製作／吉羊數位電影有限公司 GENE YOUNG 3D iMAGE CO.,LTD
執行編輯／喻文霖
封面設計及內文排版／ Joe Huang

出版／社團法人數位新媒體 3D 協會
地址／台北市內湖區民權東路六段 324 號 3 樓
電話／ 02-77301087
傳真／ 02-26307541
網站／ www.facebook.com/powerFormosa/
印刷／寶璽印刷有限公司

發行人／曲全立・徐雪芳
發行／吉羊數位電影有限公司
讀者服務信箱／ 3dat2014@gmail.com

初版一刷 2017 年 12 月
定價 新台幣 480 元 （精裝版）
ISBN：978-986-95896-0-4

感謝 第 13 屆「KEEP WALKING 夢想資助計畫」支持